キューンとの邂逅
「キューンちゃん？　なんだよそれ？」
「この子の名前ですよ。自分で名乗ったんです」
「おいらはホワイトドラゴンのキューンだよって」
佐倉真琴
Sakura Makoto
夢咲姫良々
Yumesaki Kirara

武人
Taketo
「何見てんだこら、しばき回すぞっ！」
龍
Ryu
「姐さん、このガキなんすか？」
「だからそれがあたしの剣だって言ってるんだっ！」
竜神有希
Ryujin Yuki

「深い魔のダンジョン」にて
「なんや兄ちゃん、珍しいもんでも見たよな顔しよってからに」
「いや、あの、この剣はさっきガーゴイルが持っていた剣なんですけど……」
銀次
Ginji

休日の一幕
「小春さんっていうんですね」
「？？？」
長澤紅子
Nagasawa Beniko
水川蓮華
Mizukawa Renge
「素敵なお名前ですわっ」
「あ、ありがとう…」
マリア・ファインゴールド
Maria Finegold
小春
Koharu

最強で最速の
無限レベルアップ
3
~スキル【経験値1000倍】と
【レベルフリー】でレベル上限の
枷が外れた俺は無双する~
シオヤマ琴 ● illust. トモゼロ

CONTENTS




イラスト：トモゼロ　デザイン：石田 隆（ムシカゴグラフィクス）

# 第十九章　レベル42315

硬い畝《うね》のダンジョン地下三階、四階、五階と進むもアイテムは一つもみつからなかった。

探し方が悪いのか、それともはなから落ちていなかったのか、はたまた先を行く伊集院《いじゅういん》がすでに回収し終えたあとなのか。

とにかく俺は透明になった夢咲《ゆめさき》と二人で、硬い畝のダンジョンを地下へ地下へと下りていく。

その道中遭遇した、なりは小さいが火炎魔法を使う赤い色のスライムであるマジカルスライムを数匹倒すと、マジカルスライムたちは魔草を二つドロップした。

それらを夢咲に食べさせてから、俺たちは地下六階へと歩を進める。

地下六階にはエビルラット、グレムリン、オーガなどの魔物が数限りなく姿を見せた。

エビルラットは見た目は大きめのドブネズミといったところか、なかなかに動きがすばしっこい。

グレムリンは人型の小さな魔物だった。

ゴブリンに似ているが体はオレンジ色で回復魔法を唱えてくる。

オーガは前二体に比べて非常に大きく筋骨隆々の肉体を持ったパワータイプの魔物だ。

エビルラットとグレムリンは透明状態の夢咲に任せ、俺は巨軀《きょく》を揺り動かし襲ってくるオーガたちを屠《ほふ》っていく。

オーガを倒した際の獲得経験値は体の大きさに見合ってかなり多かったので、俺のレベルはぐんぐん上がっていった。

そして地下七階に下り立った頃、俺のレベルはゆうに４０００００を超えていた。

◇◇◇

「ステータスオープン」

*********************************

名前：佐倉真琴《さくらまこと》

レベル：４２３１５

ＨＰ：２４２６１１／２５７０３９　ＭＰ：２０９１０７／２２２４１４

ちから：２３６９１２

みのまもり：２１７００６

すばやさ：２００３３９

スキル：経験値１０００倍
：レベルフリー
：必要経験値１／１００
：魔法耐性（強）
：魔法効果７倍
：状態異常自然回復
：火炎魔法ランク10
：氷結魔法ランク10
：電撃魔法ランク10

・飛翔《ひしょう》魔法ランク9

・転移魔法ランク5

・レベル消費

＊＊＊＊＊＊＊＊＊＊＊＊＊＊＊＊＊＊＊＊＊＊＊＊＊＊＊＊＊＊＊＊＊＊

……。

「この新しく覚えた【レベル消費】ってスキルはなんだろうな？」

覚えてからも何も変化がないところを見ると、どうやら常時発動型のスキルではなさそうだが

「使ってみればいいんじゃないですか？」

と夢咲は言うが、

「でもな～……消費ってところが気になるんだよな」

言葉の響きからしてちょっと怖い。

なんとなくだが、せっかく今まで積み上げてきたレベルを失ってしまいそうな気がするのだ。

「でもでも、使ってみないとずっとわからないままですよ」

「それはそうなんだけどさ……」

慎重な俺とは違い、行動派の夢咲は「使ってみましょうよっ」と楽しそうに言ってくる。

他人事《ひとごと》だと思って勝手なことを……。

「とりあえず今使う必要性はないからやめておくよ」

「え～、意気地がないですね」

「ほっとけ」

俺はステータスボードを閉じると夢咲を置いて歩き出した。

☆　☆　☆

硬い畝のダンジョン地下八階にて夢咲の【透明化】の効果が切れた。

「真琴さん、わたしMPがそろそろ限界ですね。【透明化】と【忍び足】、もう両方は使えそうにないです」

姿を現した夢咲が少し疲れた様子で言う。

「そうか……じゃあ、ここまで歩きっぱなしだったし少し休憩するか」

「はい。そうしましょう」

俺たちは広い空間の隅っこにシートを広げると、そこに陣取った。

「ついでだからさっき手に入れたヒーリングシードを植えてみよう」

半日で薬草と魔草を生い茂らせた大樹に育つという種を地面に埋める。

「水はないから仕方ないか……」

「あっ、わたしポーションなら持ってますよっ」

夢咲が肩から掛けていたバッグの中を漁《あさ》ってポーションを取り出した。

「ほとんど飲んじゃってますけど。はい」

「ああ、サンキュー」

俺は夢咲から受け取った残り少ないポーションをヒーリングシードを埋めた地面の上に、とぽとぽ……とかけた。

「さあ、これで半日待てば薬草と魔草がたくさん採れるはずだ」

「わぁ、楽しみですね～」

「それまで夢咲、眠たかったら寝てていいぞ」

「そうですか？　じゃあ少しだけ横になってもいいですか？」

「ああ。俺の寝袋使うか？」

「あーわたし暑がりなんでだいじょぶです。おやすみなさい」

夢咲は俺に断りを入れるとシートの上で横になり目をつぶる。

そして「はぁ～ぁ」と一回大きなあくびをするとそのまま静かに寝入ってしまった。

◇◇◇

六、七時間ほどして夢咲が起きると今度は俺が眠りにつく。
俺の場合は特に見張りなど必要ないのだが、夢咲が「わたしが見張ってますからっ」と息巻くのでとりあえず任せることにした。

Respect!

「オーガが出たら起こせよ。多分夢咲じゃ勝てないからな」

「はーい、わかってます」

マジカルスライムやエビルラット、グレムリンなどは夢咲でもなんとかなるだろうが、さすがにオーガを一人で倒すのは荷が重いだろう。

俺はそれだけ告げると、寝袋の中に体を滑らせてからゆっくりと目を閉じた。

☆　☆　☆

――久しぶりに夢を見た。

俺は制服を着て辞めてしまったはずの高校に通っていた。

夢の中で、俺は昼休み、伊集院と机を並べて談笑しながら昼ご飯を食べていた。

会話の内容は昨日のテレビ番組がああだった、こうだったという当たり障りのないこと。

それでも俺たちは楽しそうに屈託のない笑みを浮かべていた。

とそこへ、クラスの一軍連中の桜庭《さくらば》たちが、やはり一軍の女子たちを連れてパンを片手に購買から戻ってきた。

すると桜庭が俺たちのもとへ近寄ってきて、いきなり伊集院の弁当箱を持ち上げ伊集院の頭に弁当の中身を落とした。

「「「きゃはは、ウケる～」」」と一軍女子たち。

「桜庭っ、お前何するんだっ」

俺はとっさに声を上げた。

伊集院はうつむいたままわなわなと震えている。

「わりぃ、手が滑った」

悪びれもせず桜庭が言った。

「桜庭、お前っ――」

「……ふふっ」

と伊集院がふいに笑い出す。

「伊集院……？」

「おい、なんだこいつ。笑ってるぜっ」

「頭おかしくなっちまったんじゃねぇか！」

「そりゃもとからだろっ」

一軍連中が嘲り笑う中、伊集院は顔を上げた。

ぼさぼさの髪を後ろまでかき上げてからぼそっとつぶやく。

瞳には殺意が宿って見えた。

「……スキル、捻転魔法ランク10」

「や、やめろ、伊集院っ」

次の瞬間、
ゴキッ。

桜庭の首が三百六十度ぐるりと回った。

「「「きゃあぁぁっ！！！」」」

教室中に響く一軍女子たちの悲鳴。

――そこで俺は現実世界へと覚醒した。

「あっ、真琴さん起きましたか」

俺を見下ろすように夢咲がそばに立っている。

「……あ、ああ」

「それよりこれ見てくださいよ真琴さんっ。本当に半日でこんな大きくなりましたよっ」

嬉《うれ》しそうに夢咲が指差して言う。

見上げると、夢咲の身長の五倍以上はありそうなヒーリングシードの大木が、そこにはそびえ立っていた。

俺は、ヒーリングシードの木から百枚以上の薬草と魔草を摘み取ると、それらを不思議なバッグの中にしまった。

「これでMPの心配はしなくてもいいな」

「そうですね。それにだいぶ休めたのでわたしのMPもほとんど回復していますし」

俺たちは半日ほどの休憩を終えて再度ダンジョン探索に繰り出すことにした。

◇◇◇

「スキル、透明化っ。スキル、忍び足っ」

硬い畝のダンジョン地下八階を透明になった夢咲とともに練り歩く。

その途中、マジカルスライムが単体で襲い掛かってきた。

おそらくランク2か3程度の火炎魔法を口から連続で飛ばしてくる。

俺はそれを手ではじきながら近付くと、マジカルスライムを叩《たた》き潰《つぶ》した。

《佐倉真琴のレベルが16上がりました》

【経験値1000倍】と【必要経験値1／100】の効果によって、俺にとっては雑魚に過ぎないマジカルスライムを一匹倒しただけでレベルが面白いように上がる。

「真琴さん、せっかく【透明化】と【忍び足】使ってるんですから、弱い魔物くらいはわたしに倒させてくださいよ～。マジカルスライムくらいだったらわたしでも余裕で倒せるんですからね」

「あー悪い。じゃあ次出たら夢咲に任せるよ」

「はーい、わかりましたっ」

夢咲は元気よく答えた。

夢咲のレベルは現在82。

夢咲としても上げられるときにレベルを上げておきたいのだろう。

するとちょうどそこへ、ぴょんぴょんとマジカルスライムが突き当たりの通路の左側から飛び出してきた。

ここは夢咲に任せるか。

そう思い俺は一歩身を引く。

「……」

透明になっているので俺にも見えないが、おそらく夢咲は無言でマジカルスライムの背後に回って隙をうかがっているはずだ。

マジカルスライムは俺のことしか見えてはおらず、俺に対して大きく口を開け火炎魔法を放とうとしてきた。

とその時、「えいっ！」という声と同時にマジカルスライムの口が閉じた。

夢咲がマジカルスライムを上から強く踏んづけたのだろう、マジカルスライムは自らの火炎魔法を口の中で燃え上がらせる。

『フィギィー……!?』

火だるまになり転げまわるマジカルスライムに夢咲はとどめとばかりに、

「シュートっ！」

マジカルスライムをサッカーボールに見立てて思いきり蹴飛ばした……と思う。

壁に激突して地面にのびるマジカルスライム。

そしてそのまま、こと切れて消滅していった。

「ほら真琴さん、余裕ですよ余裕っ。見てくれてましたかっ？」

と夢咲の声が前から聞こえる。

正直、透明になっていて足音も聞こえないので、夢咲がどういう動きをしたのか想像することし

かできないが、

「ああ。じゃあこれからは弱い魔物は全部夢咲に任せるよ。それでいいか？」

「オッケーです」

「それじゃ頼むな」

俺はとりあえず夢咲の気分を害さないように適当に返しておいた。

とそこへ、ぴょんぴょんと再びマジカルスライムが現れた。

俺が口を開くより早く、

「わたしがやりますから手を出さないでくださいねっ」

夢咲が声を上げる。

好きにしろよ。

俺がマジカルスライムから顔をそむけたその時だった。

「きゃあっ⁉　真琴さん、助けてくださいっ！」

助けを呼ぶ声がした。

その夢咲の声で振り返ると、通路いっぱいに、さながら洪水のようにマジカルスライムがどどどっと押し寄せてきていた。

「げっ⁉　ゆ、夢咲、どこだっ？」

「むぎゅ～っ……こ、ここです～っ！」

声はするが、ただでさえ透明でどこにいるかよくわからないのに、数百匹はいるであろうマジカルスライムの波に飲み込まれていてまったく居場所が把握できない。

「夢咲っ、自力で出てこられるかっ？」

「む、無理でふ～っ！」

無理でふってなんだよ。俺はつい、にやけかけるが、いやいやこれは笑い事じゃないなと素に戻る。

マジカルスライムの大群くらい火炎魔法でも電撃魔法でも氷結魔法でも使えばどうとでもなるが、一緒に夢咲まで殺してしまいかねない。

俺は、通路目いっぱいにぎゅうぎゅう詰めになっているマジカルスライムの塊を眺めながら手をこまねいていた。

「どうしよ……」

すると、つぶやいた次の瞬間だった――

引っつき合っていたマジカルスライムたちが、またたく間に、うにゅうにゅと融合していき、一体の巨大で真っ赤なスライムに姿を変えたのだった。

「げっ……でっかくなっちゃった……⁉」

『フィギー！！！』

数百匹のマジカルスライムがくっついて融合した結果、通路の幅、縦横十メートルくらいのどでかい真っ赤なスライムに変化したのだった。

◇◇◇

「ステータスオープンっ」

俺はすぐさま目の前に現れた巨大なスライムの名前を確認する。

＊＊＊＊＊＊＊＊＊＊＊＊＊＊＊＊＊＊＊＊＊＊＊＊＊＊＊＊

マジカル大王スライム

＊＊＊＊＊＊＊＊＊＊＊＊＊＊＊＊＊＊＊＊＊＊＊＊＊＊＊＊

「マジカル大王スライムっ……⁉」

巨大な魔物の出現に虚を突かれていた俺は、ここでようやく夢咲のことを思い出した。

「あっ、ヤベっ……夢咲どこだっ！　無事かっ！」

「ここですっ、なんとか無事ですーっ」

夢咲はスキルの効果で透明になっていながらも、地面をばしばし叩いて自分の居場所を知らせてくれる。

『フィギー！！！』

マジカル大王スライムはまん丸な目で俺だけを凝視していて、後ろにいる夢咲の存在にはまったく気付いていないようなのでとりあえずは一安心だ。

「夢咲そこでじっとしてろっ、今こいつを倒すからっ」

と俺が口にした瞬間だった。

俺の言葉を理解したのか、マジカル大王スライムがくるりと方向転換すると、脱兎《だっと》のごとく逃げ出した。

「あ……れ？　逃げちゃったぞ……」

戦う気満々だったのに、マジカル大王スライムが突如として逃げ出したことで呆気《あっけ》にとられてしまう俺。

「真琴さんっ」

「おおっ、夢咲」

いつの間にか俺の左隣に移動していた夢咲に声をかけられた。

まだ透明なままだったので少しだけびくっとなる。

「真琴さん。わたしさっきこっそり識別魔法を使ってあの大きな赤いスライムを詳しく見たんですけど、あのマジカル大王スライムってやつ、ちからの数値が０みたいです」

「え、ちからが０っ？」

「はい。その代わりにみのまもりとすばやさがとんでもなく高いみたいなんです。あれってもしかして結構レアな魔物なんじゃないですか？」

「かもしれないな」

過去に大王スライムという魔物に出遭ったことがあるが、その魔物もすばやさが異常に高く、逃げるばかりで一切攻撃をしてこなかった。

倒した時の獲得経験値もかなり高かったことを憶《おぼ》えている。

「よし、あいつ倒すぞ」

「えっ？　あんな逃げ足の速い魔物を倒すんですか？　追いつけますかね、めちゃくちゃ速かったですよ」

「大丈夫だよ。俺の方が速いから」
◇◇◇

俺たちは地下八階のおそらく中心部に位置するであろう、大きな部屋に移動した。

そこで、

「夢咲はここで待っててくれ。すぐにさっきのスライムを倒して戻ってくるから」

夢咲には透明になったまま待っていてもらう。

「わかりました――っていましたよっ！　ほら、あそこっ！」

夢咲が声を上げた。

ほら、と言われても透明なのでどこを指して言っているのかわからないのだが。

とりあえず俺は振り返る。

すると、大部屋の出入り口から見える通路の通り道にマジカル大王スライムがいて、こっちをじーっとみつめていた。

「ほんとだっ、みつけたぞっ！」

言うが早いか俺はマジカル大王スライムに向かって駆け出していた。

「夢咲はそこにいろよっ」

「はーいっ」

俺は大部屋に夢咲を残して一人マジカル大王スライムを追う。

だが、マジカル大王スライムは俺の姿を確認すると、びゅんと逃げ出した。

俺が通路までたどり着くと、マジカル大王スライムの逃げた方向から通路の幅いっぱいの大きな炎の玉がこっちに向かって飛んできている。

「うおっ⁉」

おそらくマジカル大王スライムが口から放出したであろう、ランク10程度の火炎魔法だった。

ゴオォォーッと燃え盛りながら迫ってくる炎の玉に飲み込まれるも、【魔法耐性（強）】のおかげでダメージはほとんどない。

ただ、服は焦げた。

「このや――」

『フィギー！！！』

マジカル大王スライムは火炎魔法を連発して放ってくる。

「邪魔くさいなっ」

俺は走りながら、連続して襲ってくる炎の玉を手で弾いて進んでいった。

『フィギーッ！？？』

それを見たマジカル大王スライムは、ぼよんと体を揺らすとその場で方向転換、またも俺から距離を取って逃げ去ろうとする。

「逃がすかっ」

俺は一足早くマジカル大王スライムに追いつくと、ボゴンッと背中を殴り飛ばした。

ピンボールのように壁にぶつかりながら跳ねるマジカル大王スライム。

手応えあり。

俺は勝利を確信した。

だがしかし、

『フィギー！！！』

マジカル大王スライムは体勢を整えると、俺に向かって火炎魔法を一発放ってから再度逃げ出す。

俺は襲い来る炎の玉を手ではじきつつ、

「おいおい……マジかよ」

声をもらす。

全力で殴ったわけではないが、それでも俺のパンチを受けて倒れない魔物を見たのは初めてだった。

「ははっ……面白いじゃないか」

俺は、より一層マジカル大王スライム退治に熱が入るのを感じていた。

◇◇◇

どこだ……？

マジカル大王スライムはどこにいる？

俺は、硬い畝のダンジョン地下八階フロアを逃げたマジカル大王スライムを探して走り続けていた。

「あんなでかい体だからな。すぐ見つかると思ったんだけどな……」

ほかの魔物を返り討ちにしつつ、五分ほど走り回ったのち、俺は作戦を変えることにした。

辺りを確認してから、

「スキル、氷結魔法ランク10っ」

「スキル、氷結魔法ランク10っ」

通路を巨大な氷の塊で塞ぐ。

「スキル、氷結魔法ランク10っ……よし、これでもうここは通れないはずだ」

マジカル大王スライムの通り道を狭めていく。

「待ってろよ、絶対に倒してやるからな」

多くの獲得経験値が期待できる相手を打ちのめす瞬間を思い描きながら、俺は自然と笑みを浮かべていた。

☆　☆　☆

『フィギーッ！！？』

「ふっふっふ……もう逃げられないぞ」

数分後、俺はマジカル大王スライムを通路の角に追い詰めていた。

その嬉しさから自然と口角が上がる。

『フィギー！！！』

マジカル大王スライムは大きな炎の玉を口からボオォッ、ボオォッと何度も吐き出し攻撃してくるが、そんな悪あがきは俺には通じない。

片手でそれを弾《はじ》き飛《と》ばしながら俺はゆっくりと近付いていった。

そして手の届く距離まで迫ると、

「これで、今度こそ終わりだっ！」

ボゴオオォォーン！

マジカル大王スライムを全力でぶん殴る。

その瞬間、マジカル大王スライムは無重力空間に飛び散りただよう液体のごとく、パァンと弾け飛んだ。

《佐倉真琴のレベルが10338上がりました》

機械音声が俺の頭の中でレベルアップを告げる。

「おおっ！　すげー上がったぞっ」

俺の予想していた通り、マジカル大王スライムの獲得経験値は非常に高かったようで、俺のレベルは大幅に上昇したのだった。

◇◇◇

「ステータスオープン」

************************************

名前：佐倉真琴

レベル：５２６６９

ＨＰ：２５７０９１／３０６８７４　ＭＰ：２２２０６０／２７０２１２

ちから：２８７５３４

みのまもり：２６７９９８

すばやさ：２４９０１５

スキル：経験値1000倍
　　　：レベルフリー
　　　：必要経験値1／1000
　　　：魔法耐性（強）
　　　：魔法効果10倍
　　　：状態異常自然回復
　　　：火炎魔法ランク10
　　　：氷結魔法ランク10
　　　：電撃魔法ランク10
　　　：飛翔魔法ランク10

：転移魔法ランク10
：識別魔法ランク10
：レベル消費

＊＊＊＊＊＊＊＊＊＊＊＊＊＊＊＊＊＊＊＊＊＊＊＊＊＊＊＊＊

「おーっ。【必要経験値1／1000】に【魔法効果10倍】にランク10の識別魔法まで覚えてるぞっ」

　レベルが約10000上がったことによって俺のパラメータは平均して50000ほど増え、飛翔魔法や転移魔法のランクも最高値の10まで上がっていた。

　さらに、嬉しいことにマジカル大王スライムは消滅する際、小さなアメ玉の入った包み紙のようなものをドロップしていた。

＊＊＊＊＊＊＊＊＊＊＊＊＊＊＊＊＊＊＊＊＊＊＊＊＊＊＊＊＊

マジカルドロップ

＊＊＊＊＊＊＊＊＊＊＊＊＊＊＊＊＊＊＊＊＊＊＊＊＊＊

「マジカルドロップか……」

俺はそれを拾い上げる。

「夢咲と合流したら識別魔法で調べてもら……って俺も識別魔法使えるようになったんだったな」

つい、いつもの癖で夢咲に頼ろうとしてしまった。

せっかくだし早速使ってみるか。

俺は少し緊張しながら、

「識別魔法ランク10っ」

と唱えてみる。

するとその直後、目の前にマジカルドロップの詳細な情報が表示された。

＊＊＊＊＊＊＊＊＊＊＊＊＊＊＊＊＊＊＊＊＊＊＊＊＊＊

マジカルドロップ——摂取することで使用者の全パラメータが１００ずつ増える。

＊＊＊＊＊＊＊＊＊＊＊＊＊＊＊＊＊＊＊＊＊＊＊＊＊＊

「へー、こうやって表示されるのか～。面白いなこれ」

自分で識別魔法を使い、アイテムを鑑定できたことに感動すら覚える。

……というかこのアイテム、全パラメータが100ずつ増えるのか。

一般プレイヤーからしたらかなり貴重なアイテムなんだろうが……。

「俺には正直あまり必要ないかなぁ……」

今さら100程度パラメータが増えたところで大した差は出ないだろうし、レベルを上げれば100くらいすぐに増えるだろうからな。

「……売るか」

買い取り価格は表示されないようなので、こればっかりはダンジョンセンターの職員に見てもらうしかない。

俺は不思議なバッグの中にアメ玉の入った包み紙をそっとしまうと、夢咲の待つ部屋へと足早に戻るのだった。

◇◇◇

「夢咲ー、いるかー?」

「はーい！　ここですよ～！」

大部屋まで戻ると夢咲は俺の声に反応して返事をする。

【忍び足】の効果が切れていたのだろう、たたたっと足音が近付いてきて、

「さっきのおっきなスライム倒せましたかっ？」

夢咲の声が正面から聞こえた。

「ああ、もちろん倒したぞ」

「わぁ、さすがですね真琴さんっ」

「それからドロップアイテムも拾ったぞ。マジカルドロップっていうアメ玉で使用した者のすべてのパラメータを１００ずつアップさせるアイテムらしい」

俺はマジカル大王スライムを倒したことと、その魔物が落としていったマジカルドロップというアイテムを手に入れたことを伝える。

「えぇっ、ものすごいアイテムじゃないですかっ！」

「うん、まあ、そうなのかな」

パラメータが異常すぎるほど高い俺にとってはそうでもないのだが。

「あれ？　でもなんでアイテムの効果までわかってるんですか？　もしかして前にも拾ったことがあるんですか？」

夢咲が身を乗り出したのか、声がさっきよりも近い距離から聞こえた。

「いや、初めてだ」

「じゃあなんでそのアイテムの効果がわかるんですか？」

「ふふん、それはな……さっきのでかいスライムを倒してレベルが上がったことで、俺も識別魔法を覚えたからだっ」

「えっ、ほんとですかっ？」

「ああ。それもランク10の識別魔法だぞっ」

嬉しくてつい声が高くなる。

「えーっ！　ちょっと待ってくださいよっ。それじゃあわたしと一緒にいる意味がなくなるじゃないですか〜！」

「まあ、そうなるな」

「え〜っ、そんな〜っ！」

「大丈夫、心配するな。約束は守るから」

夢咲が家出をやめて家に戻るのなら、このダンジョンをクリアするまでは一緒に行動してやるという約束を俺は夢咲と交わしている。

識別魔法を覚えたからといってその約束を反故《ほご》にしたりはしない。

「そ、そうですか。それを聞いて安心しました」

ほっと安堵《あんど》のため息をつく夢咲。

「夢咲も約束は守れよ。このダンジョンを出たらちゃんと家に帰るんだぞ」

「わかってますって。真琴さんとの約束なんですからちゃんと守りますよ」

と夢咲は言うが、顔が見えないのでどんな表情で喋《しゃべ》っているのかがまるでわからない。

今さらながら表情が読めないとやはり不便だな。

「夢咲はマジカルドロップ欲しいか？」

俺が倒して手に入れたとはいえ、一応行動をともにしている以上訊《き》いておく。

夢咲がいらないと言うなら売りたいのだが。

しかし夢咲は、

「え、くれるんですかっ⁉　ありがとうございますっ！　わー、やったー！」

何を早とちりしたのか声高らかにぴょんぴょんと飛び跳ねる。

あげるって意味で訊いたわけではないのだけれど……。

「あの、夢咲――」

「真琴さん、大好きーっ！」

ぎゅっとハグされた感触がして、いよいよ引っ込みがつかなくなった俺は、

「……」

黙って不思議なバッグの中に手を突っ込むと、マジカルドロップを取り出して夢咲に差し出すのだった。

◇◇◇

「わぁっ、本当に全部のパラメータが１００ずつ増えてますよっ！」

途中まで舐《な》めていたのだが、待ちきれなくなったのか、夢咲がマジカルドロップをかみ砕いて飲み込んだ。

その直後、ステータスボードを確認した夢咲が嬉しそうに声を上げる。

「真琴さん、ありがとうございますっ。こんな貴重なアイテムをわたしにくれるなんてっ」

「別にいいよ。俺には必要ないものだったし」

とちょっとだけ強がってみたり。

今さら本当は売りたかったんだとは言えない。

☆　☆　☆

「えいっ！　やあっ！」

『グアァッ……』

腹にパンチを受けたオーガが顔からどしーんと地面にうつ伏せに倒れる。

そして消滅していく。

全パラメータが１００ずつアップしたことにより、夢咲はオーガまでも一人で倒せるようになっていた。

「やりましたよ、真琴さんっ」

「ああ、すごいじゃないか」

しかも【透明化】を使っていない素の状態でだ。

これは大きな進歩と言えるだろう。

「もうこの辺りの魔物相手なら透明にならなくても問題なさそうだな」

「そうですね。ありがとうございますっ」

夢咲は「にひひっ」と白い歯を見せる。

夢咲の飛躍的な成長により、これまで以上にダンジョン探索がスムーズになったのは間違いない。

夢咲の成長のおかげもあってか、地下九階はものの十五分ほどで探索を終えることが出来た。

◇◇◇

硬い畝のダンジョン地下十階に下り立った俺と夢咲。

そんな俺たちの目の前には、すやすやと気持ちよさそうに眠る体長八メートルほどの見たこともないドラゴンがいた。

「識別魔法ランク10」

俺は起こさない程度の声量で唱える。

*****************************
エンペラードラゴン――硬いうろこを身にまとったドラゴンの亜種。大きな翼によって真空魔法のような風の刃を作り出すことが出来る。弱点は電撃魔法。
*****************************

「なるほど……弱点は電撃魔法か」

わざわざ弱点を突かなくとも俺ならば問題なく倒せるだろうがな。

「真琴さん、この魔物どうします？　倒しますか？」

夢咲がエンペラードラゴンを指差し、小声で訊《たず》ねてくる。

倒すことくらいなんてことないが……。

「夢咲はどうしたいんだ？」

訊き返してみた。

「試しに戦ってみたいです。でも無理そうだったら真琴さんに倒してもらってもいいですか？」

「別に構わないけど」

「ありがとうございます。じゃあ見ててください」

そう言うと、夢咲は眠りこけているエンペラードラゴンに近付いていき、その鼻先を思いきり蹴飛ばす。

「えぇいっ！」

『グオアァァーッ⁉』

鼻先を蹴られて痛そうにのけぞるエンペラードラゴン。

完全に起き上がったその姿はまるで小さな山のようだった。

ギョロッと瞳を動かし夢咲を視界にとらえたエンペラードラゴンは、

『グオアァァーッ‼』

怒った様子で大きく咆《ほ》える。

そして自身の翼を素早くはためかせると風の刃を夢咲に飛ばした。

「っ！」

夢咲は襲い来る風の刃を横にかわし難を逃れるが、次の瞬間、エンペラードラゴンは夢咲の眼前に迫っていた。

エンペラードラゴンの見た目に反した俊敏な動きに虚を突かれた夢咲は、

『グオアァァーッ‼』

エンペラードラゴンの鋭い爪による一撃を受け、「きゃあっ！」と壁際にはじき飛ばされる。

「夢咲っ」

「……だ、大丈夫ですっ」

そう口にして立ち上がった夢咲だったが、破れた服の隙間からは血がしたたり落ちていた。

「で、でもごめんなさい。やっぱりわたしにはちょっと無理みたいです……」

「ああ、わかった。休んでろ」

俺も夢咲も回復魔法は使えない。

薬草とラストポーションこそ持ってはいるが、これ以上深手を負わされないうちに交代した方が賢明だろう。

『グオアァァーッ‼』

夢咲への怒り未《いま》だ冷めやらぬといった形相で、夢咲をにらみつけているエンペラードラゴンの前に立ちふさがった俺は、

「おい、俺が相手だっ」

と声を飛ばす。

『グオアァァーッ‼』

邪魔するなと言わんばかりにエンペラードラゴンが大声を上げた。

そして俺を見下ろしながら大きな翼をはためかせる。

直後、
ビュオォォォー！

と風の刃が俺に向かって襲い掛かってきた。

俺は突風まじりの風の刃に対して腕を体の前でクロスさせ、それを正面から受けきると、

「もう終わりか？　だったら今度はこっちの番だっ」

地面を蹴って飛び上がり、エンペラードラゴンの鼻先を右の拳で打ち抜く。

メキョッと拳がめり込んだ次の瞬間、エンペラードラゴンの顔面が大きくひしゃげてトマトのように潰れた。

《佐倉真琴のレベルが１７０上がりました》

地面に下り立った俺の脳内には無機質な機械音声が響いていた。

「夢咲、大丈夫かっ？」

エンペラードラゴンを葬り去った俺は夢咲のもとへと駆け寄る。

「はい、まあなんとか……」

そう言うが、夢咲は流血していた。

「待ってろ。今、ラストポーション出すから」

不思議なバッグの中に手を突っ込む俺に、

「いえ、そこまでの怪我《けが》じゃないです」

と夢咲が返す。

ラストポーションはＨＰを全回復させるアイテムなので俺は使ってやろうと思ったのだが、夢咲はもったいないとでも思ったのか、それを断った。

その代わりに、

「でも、薬草いくつか貰《もら》えますか？」

夢咲は手を差し出してきた。

「わかった」

俺は不思議なバッグの中から薬草を三枚ほど取り出すと夢咲に手渡す。

さらに、

「服も破けて血だらけだからこれもやるよ」

替えの服も渡してやった。

「あっ、ありがとうございます。わたし、着替え持ってきてなかったんでどうしようかと思ってたんですよ～」

エンペラードラゴンの鋭い爪で着ていた服を斬り裂かれたばかりの夢咲は、ホッとした様子で微《ほほ》笑《え》んだ。

◇◇◇

「わたしやっぱり透明になっていますね」

着替えを済ませた夢咲が口を開く。

「またさっきのエンペラードラゴンとかが出てきたらわたしじゃ勝てないですもん」

「そっか、わかった……っていうかなんならもうここで引き返してもいいんだぞ」

「それは約束が違いますよ。わたし、今ダンジョンを出たって家には戻りませんからねっ」

家出中の夢咲はぶんぶんと首を横に振りながら口にした。

意地でもこのダンジョンをクリアするまでは家には帰らないつもりらしい。

「スキル、透明化っ。スキル、忍び足っ」

夢咲はそう口にすると俺の目の前から姿を消した。

「さあ、真琴さん。張り切っていきましょうっ」

テンション高く声を上げる夢咲をよそに、俺はこのダンジョン、一体地下何階まであるんだろうかと、まだ見ぬ最深階へと想《おも》いを募らせていた。

◇◇◇

地下十階をしばらく歩いたのち、細長い通路を夢咲とともに進んでいると、

「あっ、真琴さんっ。あれ見てくださいっ」

唐突に夢咲が声を発した。

「ん？　あれってどれだ？」

「あれですよ、あれ。見えないんですかっ？」

おそらく夢咲は俺の左隣にいて、どこかを指差しているのだろうが、透明になっているのでさっぱりわからない。

「ちゃんと口で説明してくれ」

「じゃあもうちょっと前に行ってくださいっ」

仕方なく夢咲の指示通り移動する。

夢咲の言う通りにちょっとだけ前進すると、

「ほら、これですよ。なんですかね、これ？」

夢咲が俺の左肩をとんとんと叩いた。

「これってどれだよ？　はっきり言ってくれ」

「え？　真琴さん何言ってるんですかっ？　これですよ、これっ。真琴さんの足元の右側にあるやつですよっ」

必死に伝えようとしてくれているようだが、俺には意味が分からない。

俺の足元には何もないのだからな。

「夢咲、お前の方こそマジで何言ってるんだ……？」

会話が全然かみ合わない。

きっと夢咲は、俺と同じく怪訝《けげん》な表情で眉をひそめていることだろう。

「これですよ、これっ！」

少々いら立ったのか夢咲は語気を強める。

そんな夢咲の声は下から聞こえたので、夢咲は今、俺の足元でしゃがみ込んでいるはずだ。

なので俺もしゃがんでみる。

だがしゃがんではみたものの……。

「夢咲、どれのことを言ってるんだよ」

やはりあるのは地面と壁だけ。

「え……もしかして真琴さんにはこれ見えてないんですかっ？」

「これって？」

すると夢咲は、俺の手を取ってクレーンゲームのように右に動かして止めた。

そしてそこからゆっくりと下ろす。

こつん。

「えっ？」

地面から五センチ上くらいのところで俺の手に何か冷たいものが触れた。

でもそこには何もない。というより何も見えない。

「……夢咲。これ、なんだ……ここに何かあるよな？」

俺はそこにある何かを確かめるようにしてそっと触ってみる。

「やっぱり真琴さんには見えてないんですねっ。でもわたしにははっきりと見えてますよ。なんでだろ～、透明になってるから見えるのかなぁ……」

「夢咲、これってさあ、もしかして……」

俺はその透明な何かを触っているうちに、過去に触ったあるものに感触が似ていることに気付いた。

硬くもなく柔らかくもなく、手の大きさにフィットするような丸い形をしたもの。

それは……。

「……ボタン？」

「はい、そうですすっ。クイズ番組でよく見るようなボタンですすっ！」

まさにクイズ番組で正解を出した時のようなテンションで夢咲は言い放った。

◇◇◇

「多分わたしが透明になっていたから見えたんでしょうね」

そう話すのは【透明化】が切れて姿を現した夢咲だ。

「わたしも今は見えないですもん」

俺の隣でしゃがみ込んでいる夢咲が言う。

「試しにもう一回透明になってみますね」

夢咲は「スキル、透明化っ」と唱えた。

すると、またも完全に姿を消した夢咲が、

「あっ、今ははっきりとボタンが見えますよっ。やっぱり透明になっていると見えるボタンなんですよ、これっ」

これと言うが俺には一切見えてはいない。

「なあ、このボタンって何色なんだ？　赤か？」

赤いボタンなら過去に二度ほど見たことがある。

押すとどちらも魔物が地面から現れてくるというトラップボタンだった。

もしかしてこのボタンもそうなのかも……そう思って訊いてみたのだが、

「いえ、違いますよ。青色です」

との返答。

青？

「青色なのか、このボタンは？」

「？　そうですよ」

俺が知っているボタンと違うのかな……？

「真琴さん、押してみてもいいですか？　これ」

「あー待て待てっ。勝手に押すなっ！」

俺はとっさに声を張り上げた。

「ちょっとなんですか真琴さん、急に大声出して。びっくりするじゃないですか～」

「いや、悪い。でもそのボタンを押すと魔物がうじゃうじゃ出てくる可能性があるから押さない方がいいと思ってさ」

「真琴さん、このボタン知ってるんですか？」

「まあな。俺が知ってるのは赤いボタンだけど」

それでも用心に越したことはない。

「赤いボタンだと魔物が出るんですか？」

「俺の経験上はな」

「だったらこのボタンは問題ないんじゃないですか？　だってわざわざみつかりにくいようにしてあるんですよ。それに赤くもないし」

夢咲は自分でみつけたということもあってか、どうやら押してみたいようだ。

「魔物が出てきたらどうするんだよ」

「わたしは透明になってますから安全ですし、真琴さんならどんな魔物が相手でも勝てるでしょう？」

「そりゃそうだけどさ……」

罠《わな》だったら面倒くさいからなぁ。

「俺はいいけど、魔物が沢山出てきたらいくら消えてても夢咲が危ないんじゃないのか？」

と夢咲のことを心配している体でなんとか説得を試みる。

がしかし、

「わたしのことなら大丈夫ですから押してみましょうっ」

どこから来る自信なのか夢咲は揺るがない。

「ねっ、真琴さんっ」

至近距離から夢咲の声。

「ん～……別に押してもいいけど、どうなっても知らないからな」

「やったっ。じゃあ押しますねっ」

好奇心旺盛な夢咲は嬉しそうに声を弾ませ、次の瞬間——

タンッ。

見えないボタンを押したのだった。

◇◇◇

夢咲が透明なボタンを押した直後、
ゴゴゴゴ……。

壁に亀裂が入ったかと思うと、その亀裂が左右へどんどんと広がっていき——新たな通路が俺たちの目の前に現れた。

「ま、真琴さん、なんか道が出来ましたけど……」

「ああ……そうみたいだな」

と返すが俺も事態がよく飲み込めてはいない。

ただ、壁にさっきまではなかった通路が出来上がっていることだけは確かだ。

すると夢咲が思いついたかのように声を上げた。

「あっ、真琴さん。これってもしかして隠し通路なんじゃないですかっ」

「隠し通路？」

「はいっ。このボタンはきっと隠し通路を開けるためのものだったんですよっ」

自信満々に言う。

「この通路の先には何かすごいレアアイテムとかがあるに違いないですって」

「そうか〜?」

と言いつつ俺も少しわくわくしてきた。

「早速入っていってみましょうよ」

「じゃあ俺が先に行ってみるよ」

人一人がやっと通れるくらいの狭い通路だったので、俺が先頭に立って中へと足を踏み入れる。

中は幾分薄暗かったがなんとか視界は保たれていた。

☆　☆　☆

先へ行けば行くほど道幅は狭くなっていき、また天井も低くなっていく。

そのため俺は、途中から膝をつき、はいはいするような恰好《かっこう》で進んでいった。

「夢咲、ついてきてるかー?」

「はーい」

夢咲の声が狭い通路内に響き渡る。

しばらく、はいはいの状態で進んでいくと、前方に明かりが見えた。

「おっ、なんか向こうが明るいな」

俺は手足を動かすスピードを速めると明かりに向かっていく。

少し地面が濡《ぬ》れてきているのが気になるが、今さら後戻りはできない。

俺たちはぬかるんだ地面にしっかりと手と膝をつきながら、服が汚れるのも構わずに一心不乱に前へと進む。

そして、

「おおーっ」

俺たちは通路を抜け出て開けた場所に出た。

そこは四畳半くらいの狭い空間で、泥水が入ってきており、水に半分ほど浸《つ》かった宝箱が壁の四隅に一つずつ、合計四つ並んでいた。

「宝箱ですよっ。きっと中にレアアイテムが入ってるんですよっ！」

夢咲が声を上げた。

テンション高くはしゃいでいる。

「わたし、大活躍じゃないですかっ？」

「本当にレアアイテムが入っていたらな」

俺はダンジョンに潜って一年近くになるが、宝箱を目にしたのはこれが初めてだった。

だから中にアイテムが入っているかどうかもわからない。

「わたしがみつけたんですからわたしが開けてもいいですよねっ」

「好きにしろよ」

「いぇーい、じゃあ開けますよ～。まずはこれから……」

そう言った途端、透明化が切れた夢咲は、一番近くにあった宝箱に手を伸ばしていた。

縁に手をかけ、

「ぅん？　んん～！　はぁっ、あ、あれ？　なんですかこれ、全然開かないんですけど……」

俺を見上げる。

「なんだそれ……もしかして鍵がかかってるのか？」

「わからないですけどすごい固くって、全然、んん～っ！　はぁっ、はぁっ……開かないです」

宝箱には開けるための鍵が必要なのか、それとも鍵を開ける魔法みたいなものでもあるのか、とにかく夢咲は宝箱に惨敗し、息を切らしながら立ち尽くしていた。

「……ちょっと、真琴さんもやってみてくださいよっ」

不機嫌そうにあごをしゃくる夢咲。

「ん、ああ、わかった」

俺は、夢咲が開けようとして開けられなかった宝箱に手をかける。

そして少しずつ力を入れてこじ開け――

『ギャギャギャギャッ!!』

「うおぉっ⁉」

刹那、突如として宝箱が動き出し、牙をむいて襲い掛かってきた。

完全に油断して気を抜いていた俺の腕に宝箱がガリッとかみつく。

だがやはり俺の桁外れな防御力の前ではそんな攻撃も無に等しく、宝箱のとがった牙の方が逆に欠けた。

『ギャギャギャギャッ⁉』

ひるんだ宝箱が壁の隅に飛《と》び退《の》く。

「スキル、識別魔法ランク10っ」

俺はその隙に動く宝箱に向かって識別魔法を唱えた。

すると動く宝箱の情報が目の前にぱっと表示される。

＊＊＊＊＊＊＊＊＊＊＊＊＊＊＊＊＊＊＊＊＊＊＊＊＊＊

キラーボックス――宝箱そっくりの見た目をした魔物。鋭い牙が最大の武器。倒すと必ずアイテムをドロップする。

＊＊＊＊＊＊＊＊＊＊＊＊＊＊＊＊＊＊＊＊＊＊＊＊＊＊

「キラーボックスか……」

説明文を見る限り特に危険な魔物でもなさそうだ。

最大の武器と書かれている牙も俺にとってはまったくのノーダメージだしな。

「じゃあ遠慮なく殴って倒す」

ボゴオォォーン！

次の瞬間、俺はキラーボックスを木《こ》っ端微塵《ぱみじん》に粉砕していた。

《佐倉真琴のレベルが61上がりました》

宝箱に扮《ふん》したキラーボックスを倒したことで、俺のレベルがまたも上がる。

「あっ、真琴さん見てくださいっ」

と夢咲が俺を見た。

「さっきのキラーボックスがアイテムをドロップしていきましたよっ」

「お、本当だっ」

キラーボックスは倒すと必ずアイテムをドロップするという性質があるらしく、地面に見たことのないコインを残していった。

泥水が浸水しているので俺はそのコインを水の中からばしゃっと拾い上げる。

ちなみに俺と夢咲の服の膝下部分は泥水でだいぶ汚れてしまっていた。

あとで着替えるなり乾かすなりする必要がありそうだ。

「スキル、識別魔法ランク10っ」

俺は手にした金色のコインに識別魔法をかけた。

すると、

*************************

レアメダル――ただの金貨。特別な効果などは特にない。

＊＊＊＊＊＊＊＊＊＊＊＊＊＊＊＊＊＊＊＊＊＊＊＊＊＊＊

目の前にアイテム名とその説明文が表示される。

「なぁんだ。夢咲、これただの金貨みたいだぞ」

「金貨ですか。売ったらいくらくらいするんでしょうかね」

「さあな。十万円くらいじゃないか……勘だけど」

金の値段など俺にはまるでわからない。

自慢じゃないが俺は高校中退なんだからな。

俺はとりあえずレアメダルとやらを不思議なバッグの中にしまうと、ほかの三つの宝箱に目を向けた。

「また夢咲が試してみるか？」

「もういいですよ。どうせわたしには開けられないですもん。ほかの三つも真琴さんが開けちゃってください」

夢咲が投げ槍《なやり》に言う。

「そうか」

俺は夢咲に言われるまま残りの三つの宝箱を順にこじ開けていった。

◇◇◇

一つ目の宝箱。

＊＊＊＊＊＊＊＊＊＊＊＊＊＊＊＊＊＊＊＊＊＊

サウザンドドラゴンのうろこ——生成魔法で武器や防具を作る際の素材として用いられる。非常に硬く、炎に強い耐性がある。

＊＊＊＊＊＊＊＊＊＊＊＊＊＊＊＊＊＊＊＊＊＊

二つ目の宝箱。

＊＊＊＊＊＊＊＊＊＊＊＊＊＊＊＊＊＊＊＊＊＊

フレックスチョコレート——摂取すると一定時間体がゴムのようになり、物理攻撃を一切受け付けなくなる。

＊＊＊＊＊＊＊＊＊＊＊＊＊＊＊＊＊＊＊＊＊＊

三つ目の宝箱。

**************************

悪魔の砂時計――呪われたアイテム。この砂時計をひっくり返して一時間放置して、砂がすべて落ちると使用者のレベルが１に戻る。

**************************

◇◇◇

「特にめぼしいものはなかったな」

「ですね～。せっかく隠し通路を見つけて探し当てたアイテムの割には、たいしたことなかったですね」

残念そうな顔をする夢咲。

俺たちは隠し部屋を出てもとの細長い通路まで戻ってきていた。

「服も泥水で汚れたしな」

「そうですよ。靴下までびしょびしょですからねっ」

と夢咲は足踏みをしてみせる。

そのたびに夢咲の靴からは水がぱしゃぱしゃと出てくる。

「じゃあ全部売るってことでいいか？」

「オッケーです」

俺は三つのアイテムをすべて不思議なバッグの中にしまうと、夢咲とともにフロアの探索を再開した。

☆　☆　☆

硬い畝のダンジョン地下十三階。

**********************

特級ゾンビ——上級ゾンビの上位種。頭部を破壊しない限り動き続ける。口から吐く胃液には武器や防具を錆《さ》びつかせる効果がある。弱点は聖光魔法。

**********************

『ウウウウゥゥ……』

『ウウウウゥゥ……』

『ウウウゥゥ……』

・・・

特級ゾンビが群れをなして襲ってくる。

俺は透明状態の夢咲を壁際に避難させると、特級ゾンビたちに向かっていった。

「おりゃあっ」

先頭にいた特級ゾンビの顔面を殴りつけグシャッと破壊し、続けざまに隣にいた特級ゾンビの頭部を蹴り飛ばす。

さらに背後にいた特級ゾンビたちの首を手刀で二体同時にはねた。

『ウウウゥゥ……』

『ウウウゥゥ……』

『ウウウゥゥ……』

・・・

「まだまだぁっ」

五体、六体、七体と特級ゾンビの頭部を次々に潰し消滅させていく。

《佐倉真琴のレベルが154上がりました》

その時、

『グオアァァーッ!!』

あとから部屋にやってきたエンペラードラゴンによる無数の風の刃の連続攻撃が、特級ゾンビの群れごと俺を斬り刻むべく襲い掛かってきた。

風の刃で特級ゾンビたちが勝手に倒れていく中、【魔法耐性（強）】を持つ俺には風の刃はほとんど効かなかった。

それらを手で弾き飛ばしながら、俺はエンペラードラゴンのもとへと駆けていく。

そして、

『グオアァァーッ!!』

「黙ってろっ」

エンペラードラゴンの懐に潜り込んだ俺は、下からエンペラードラゴンの腹にアッパーカットを繰り出した。

刹那、エンペラードラゴンが軽々と宙に浮き上がり天井に激突した。

エンペラードラゴンは、首をだらんとさせながら、地面にどっしーんと落下する。

消滅するとともに、

《佐倉真琴のレベルが161上がりました》

レベルアップを告げる機械音声が頭の中に鳴り響いた。

『ウウウゥゥ……』

遠くに一体残っていた特級ゾンビに「スキル、火炎魔法ランク10っ」と炎の玉を放つ。

ゴオオォォーッと巨大な炎の玉が特級ゾンビを飲み込んで一瞬のうちに焼失させた。

《佐倉真琴のレベルが22上がりました》

「ふぅ。これでとりあえず片付いたかな」

部屋を見渡すと魔物の姿は一体もない。

「夢咲も無事かーっ」

「はーい、だいじょぶで～す」

壁際から元気な声が返ってくる。

透明なので目で確認できないが、声から察するに何も問題なさそうだ。

俺は声のした方へ歩いていくと、

「じゃあ先に進むか」

「はいっ」

夢咲を左隣に置いて再度フロアの探索を続けた。

ちなみにこの時点で俺のレベルは55554というゾロ目の一歩手前まで迫っていたのだった。

# 第二十章　伊集院陽太《いじゅういんようた》

硬い畝のダンジョン地下十八階の大部屋にて。

俺は手を前に差し出し、

「スキル、電撃魔法ランク10っ」

と唱えた。


バリバリバリバリィィィーッ！！！


『『『グアアァッ……！』』』

『『『グオアアァァーッ……！』』』

オーガの上位種であるハイオーガとエンペラードラゴンの大群を超電撃が襲う。

プスプスと焦げたにおいを部屋に充満させつつ次々と消滅していく魔物たち。

《佐倉真琴《さくらまこと》のレベルが１８１６上がりました》

「真琴さん、これハイオーガのドロップアイテムですっ」

「おお、サンキュー」

俺は夢咲《ゆめさき》から金属製のこん棒のようなものを受け取った。

「スキル、識別魔法ランク10っ」

******************************

堕落の痛恨棒――呪われた武器。これを装備している間はちからが大幅に上がるが相手のＨＰを必ず１残してしまい絶対に相手を倒すことが出来なくなる。

******************************

識別魔法で確認したところ、呪われた武器だということなので、俺は一も二もなく不思議なバッグの中に突っ込んだ。

う～ん、それにしても……。

ここまでで手に入れたアイテムは、隠し部屋とドロップアイテムを抜きにすると、ラストポーションと夕闇の小太刀とヒーリングシードだけ。

未踏破ダンジョンを十八階も探索しているのにみつけたアイテムはたったの三つ。

……さすがにあり得ない、と思う。

「アイテムなかなかみつかりませんね、真琴さん」

「ああ。やっぱり伊集院《いじゅういん》の奴《やつ》が俺たちよりも先にみつけて拾ってるのかなぁ」

このダンジョンには伊集院も潜っているはずだから、一足違いで全部伊集院に持っていかれているのかもしれない。

「伊集院さんって地下二階で会った背の低い男の人ですか？」

「ん、ああ」

「あの人どこかしら寂しそうでしたよね～」

「そうか？」

俺にはそんな風には感じなかったが。

むしろ高校を辞めてプレイヤーになって生き生きとしている感じだったと思うがな。

「今度会ったら一緒に行動してみたらどうですか？」

「伊集院と？　俺が？　ないない。夢咲はあいつのこと知らないからそういうことが言えるんだ。あいつには構わない方がいいんだよ、多分な」

いくらいじめられていたとはいえ、その相手の手足を表情一つ変えずに簡単に折ってしまえる危ない奴なんだ。

俺一人の時ならともかく、夢咲が一緒の今、あいつとは関わらないに越したことはないだろう。

「さてと、このフロアにももう用はないし下に行くか」

「はーい」

俺たちは部屋の隅にあった階段を下りて地下十九階へと進むのだった。

◇◇◇

硬い畝のダンジョン地下十九階。

黒光りした筋肉質の肉体を持つ四足歩行の大型魔獣、ベヒーモスが階段の前でそれを守るようにして居座っていた。

『ウゴオオオーッ!!』

そして俺を見るなりベヒーモスが雄たけびを上げる。

「きゃっ」

俺の左隣にいた夢咲がベヒーモスの咆哮《ほうこう》に驚いたのか、声を発した。

だが俺はそんなのものともしない。

「スキル、氷結魔法ランク10っ」

ベヒーモスに向かって絶対零度の氷結魔法を放つ。

その刹那、ベヒーモスが氷漬けになった。

俺は巨大な氷の塊と化したベヒーモスに、

「はぁっ」

右ストレートを炸裂《さくれつ》させる。

ガシャアアァァーンと氷が砕け散って、バラバラになったベヒーモスの肉片が地面に転がった。

《佐倉真琴のレベルが１４７上がりました》

レベルアップを告げる機械音声を聞きながら俺は夢咲に声をかける。

「夢咲、平気か？」

「はい、ちょっとびっくりしただけなんで平気ですっ」

その声を聞いて安心した俺は、ベヒーモスがいた場所に残されていたアイテムを拾った。

「これベヒーモスのドロップしたアイテムだよな？」

「そうですよ。だってさっきまではなかったですもん」

「だよな」

拾ったアイテムはベヒーモスの黒い体毛でできた毛糸玉のようだった。

「なんかちくちくするなぁ、これ」

と言いながらも俺は「スキル、識別魔法ランク10っ」と識別魔法を発動させる。

すると俺の目の前にアイテム名とアイテムの詳細が表示された。

＊＊＊＊＊＊＊＊＊＊＊＊＊＊＊＊＊＊＊＊＊＊＊＊＊＊＊

ベヒーモススレッド——生成魔法で武器や防具を作る際の素材として用いられる。非常にしなやかで柔軟。電気に強い耐性がある。

＊＊＊＊＊＊＊＊＊＊＊＊＊＊＊＊＊＊＊＊＊＊＊＊＊＊＊

「また生成魔法か……そんな魔法使えないし、素材とか言われてもなぁ」

正直よくわからない。

とりあえず不思議なバッグの中にしまっておこう。

ごそごそとバッグの口を開けていると夢咲が、

「今、真琴さんってレベルいくつくらいになったんですか？」

訊《き》いてくる。

「そういう夢咲はどうなんだ？」

「わたしですか？　わたしは今レベル85です」

「へー、ちょっとは上がってたんだな」

「はい。ちょこちょこ弱い魔物は倒してましたからね……ってそんなことより真琴さんはいくつなんですか？　教えてくださいよ～」

俺の腕を取って左右に揺らす夢咲。

「わかったから引っ張るな。ちょっと待ってろ、俺も今自分がいくつなのかよくわかってないんだから」

俺は夢咲を落ち着かせてから「ステータスオープン」と口にした。

＊＊＊＊＊＊＊＊＊＊＊＊＊＊＊＊＊＊＊＊＊＊＊＊＊＊＊＊＊＊＊＊＊＊＊

名前：佐倉真琴

レベル：59547
HP：334987／335771　MP：299311／300111
ちから：312072
みのまもり：293897
すばやさ：278490
スキル：経験値1000倍
：レベルフリー
：必要経験値1／1250
：魔法耐性（強）

・魔法効果10倍
・状態異常自然回復
・火炎魔法ランク10
・氷結魔法ランク10
・電撃魔法ランク10
・飛翔《ひしょう》魔法ランク10
・転移魔法ランク10
・識別魔法ランク10
・レベル消費
＊＊＊＊＊＊＊＊＊＊＊＊＊＊＊＊＊＊＊＊＊＊＊＊＊＊＊

「えーっと、レベル59547だな」

目の前に表示されたステータス画面を見て言う。

「えーっ、もう60000近いじゃないですかっ！　わたしと会った時は40000くらいだったのにっ」

「多分【必要経験値1／1250】のおかげだな、レベルの上がり方がすごいのは」

「にしたってすごすぎますよっ。もう普通の人間のレベルじゃないでしょ、真琴さんは」

「そうだな」

まだ見ぬスキルや魔法に多少の不安はあるものの、それでもおそらくまともに正面からぶつかり合ったら、全力の俺に勝てる人間も魔物もこの世界には存在しないのではないだろうか。

贔屓目《ひいきめ》なしにそう思うくらい、今の俺は人知を超えた強さを手に入れてしまっている。

「……さん、真琴さん、聞いてます？」

「ん？　あ、あー悪い。なんだって？」

「そろそろ次の階に行きましょうって言ったんです。伊集院さんに先を越されてるかもしれませんからね」

「伊集院か……わかった、先を急ぐか」

「はいっ」

俺は透明なままの夢咲とともに、地下二十階への階段を一段飛ばしで下りていった。

☆　☆　☆

硬い畝のダンジョンの最深階である地下二十階にて、俺たちはフロアボスのヤマタノオロチと顔を合わせていた。

＊＊＊＊＊＊＊＊＊＊＊＊＊＊＊＊＊＊＊＊＊＊＊＊＊＊＊＊＊

ヤマタノオロチ――硬い畝のダンジョンのボス。頭と尻尾が八つに分かれておりそれぞれの口から火を吹くことが出来る。炎に強い耐性があり弱点はない。

＊＊＊＊＊＊＊＊＊＊＊＊＊＊＊＊＊＊＊＊＊＊＊＊＊＊＊＊＊

『ギャオオオォォォーーッ！』

ヤマタノオロチが高い位置から赤い目玉で俺を見下ろし咆哮を上げる。

その瞬間、空気がビリビリと震える。

「夢咲は離れてろよっ」

「はい、わかってますっ」

後方の壁際から夢咲の声が返ってきた。

夢咲は現在、透明になっているので、ヤマタノオロチに狙われる心配はないだろう。

びゅん。

夢咲に気を取られていると、ヤマタノオロチの長い尻尾が俺をなぎ払うようにして壁にはね飛ばす。

その一撃で俺はドンっと壁にぶつかり、その衝撃でダンジョン内の固い壁面が崩れた。

「真琴さんっ！」

夢咲が心配して声を発するが、

「いや、全然大丈夫だから」

俺は服がちょっと汚れただけでダメージはちっとも受けてはいない。

ぱっぱっと服についた土を払い落とすと、大声を上げて威嚇しているヤマタノオロチを見据えた。

『ギャオオオォォォーッ！』

『ギャオオオォォォーッ！』

『ギャオオオォォォーッ！』

『ギャオオオォォォーッ！』

『ギャオオオォォォーッ！』

『ギャオオオォォォーッ！』

『ギャオオオォォォーッ！』

ヤマタノオロチの咆哮が幾重にも重なり部屋中にとどろく。

「うるさいな、もう」

『ギャオオオォォォーッ！』

俺の声をかき消すようにヤマタノオロチは叫ぶと、八つの口を大きく開けて俺めがけて一斉に火を吹いてきた。

火炎放射器から発せられたような炎のブレスが八つまとまって俺に襲い来る。

俺はそれをジャンプしてかわした。

すると、俺を追いかけてヤマタノオロチの首が二本向かってきた。

「邪魔だっ」

俺はその二本の首を手刀でぶった斬る。

『ギャオオオォォォーッ……！』

『ギャオオオォォォーッ……！』

どすんどすんとヤマタノオロチの長い首が地面に落ちて消滅していった。

だが、

「ん？」

首をはね飛ばしてやったはずのヤマタノオロチの頭部は、ぶくぶくと泡を立てたかと思うと次の瞬間、元通りに再生した。

「なんだ？　首を斬り落としたくらいじゃ死なないのか……」

『ギャオオオォォォーッ！』

『ギャオオオォォォーッ！』

『ギャオオオォォォーッ！』

『ギャオオォォォーッ！』

『ギャオオオォォォーッ！』

『ギャオオオォォォーッ！』

『ギャオオオォォォーッ！』

今度は首があらゆる方向から俺を狙って迫りくる。

俺はそれらを瞬時にかわすとヤマタノオロチの背後に回った。

そして、がら空きの背中に跳び乗ると、

「だったら胴体丸ごとふっ飛ばしてやるっ」

全力のパンチをお見舞いする。

「おりゃあっ！」

ドッゴオオォォォー……ン!!

ヤマタノオロチは体内でダイナマイトが爆発したかのように弾《はじ》け飛《と》ぶと、無数の肉塊となって地面に散らばった。

血の雨が降る中、

《佐倉真琴のレベルが21745上がりました》

俺は大幅なレベルアップを遂げていた。

◇◇◇

ヤマタノオロチはドロップアイテムを残して消え去った。

見た目はダチョウの卵のようだが、表面には虹色の模様がついていて、なんとも派手なアイテムだった。

俺はそれを拾い上げようと腰をかがめて手を伸ばす。

とその時、
ぱちぱちぱちぱち……。

乾いた拍手とともにそいつは現れた。

「いやあ、佐倉くんすごいね。あんな強そうな魔物をたった一撃で倒しちゃうなんてさ」

「伊集院っ……」

いつの間にか部屋の出入り口にいた伊集院。

ヤマタノオロチとの戦いに夢中でまったく気がつかなかった。

「お前、いつからそこに……？」

「別にいつだっていいでしょ。そんなことよりさあ、佐倉くんてレベルいくつ？　ここってランクＦのダンジョンだよ。そこのボスを一撃で倒しちゃうなんていくらなんでもあり得ないでしょ」

伊集院は感情の読み取れない目をして俺をみつめる。

「見た目が強そうだっただけで実際は大したことなかったってとこだろ」

「そうかなあ？　ボクは違うと思うけどなあ」

「……何が言いたいんだ？　伊集院」

こいつ、ひょっとして俺の秘密に勘づいているのか？

「ボクさあ、レベル85に上がった時に面白いスキルを覚えたんだよね～」

「なんの話だ？」

「まあ聞いてよ。ボクとまともに話してくれるのは佐倉くんくらいなんだからさ」

そう言って伊集院は続ける。

「そのスキルっていうのがレベルの上限がなくなるっていうスキルなんだよね。【レベルフリー】っていうんだけど、面白いでしょ」

「あ、ああ……そうだな」

なんだって？

伊集院の奴も【レベルフリー】を覚えているだって……？

俺は驚きを極力顔には出さないように努める。

「ねえ佐倉くん……佐倉くんってさ、ボクのことどう思ってる？」

「なんだよ、藪《やぶ》から棒《ぼう》に」

「いいじゃん、教えてよ。ボクって何？　友達かなあ？　それともただのクラスメイト？　……それともいじめられてた可哀想《かわいそう》な奴？」

かすれた声で言葉を紡いでいく。

可哀想な奴だなんて一度も思ったことはないが、友達かと訊かれるとはっきりと答えられない自分もいる。

というかそもそもなんだこの質問は？

一体なんの話をしているんだ？

「さあな、よくわからん」

俺は透明なまま後ろにいるであろう夢咲のことも考えて、さっさとこの場をやり過ごそうと思い、雑に答えた。

今考えると、それがいけなかったのかもしれない。

伊集院はがっかりしたようにうつむき、そして、

「スキル、捻転魔法ランク10」

ぼそぼそっとつぶやいたのだった。

◇◇◇

伊集院が「スキル、捻転魔法ランク10」と口にした瞬間、俺の腕に関節とは逆向きに捻《ね》じれる力が働いた。

「んぐっ……」

【魔法耐性（強）】の効果のおかげか、それとも超パワーのおかげか、俺はそれをなんとか耐える。

「えっ……!?　ボ、ボクの捻転魔法に耐えられるなんて……」

と伊集院。

「伊集院、お前どういうつもりだ？」

ぎしぎしと体が悲鳴を上げる中、俺は目の前の伊集院をにらみつけた。

「俺がお前に何かしたか？」

桜庭《さくらば》たちならいざ知らず、俺はこいつに恨まれる覚えなどない。

俺は伊集院を見据えつつ近付いていく。

「さ、佐倉くん、まさかボクと戦う気なの？」

「お前から仕掛けたくせに何言ってるんだ」

俺は伊集院の腕をがしっと摑《つか》んだ。

だが、

「触るなっ！」

伊集院の細腕からは考えられないくらいの力で、俺の手は払いのけられる。

前の時もそうだったが、伊集院のパワーは信じられないくらい強い。

いくら俺が手加減しているとはいっても、普通の人間ならまず俺の手を払いのけることなんて出来ないはずだ。

「お前、おかしいぞさっきから」

「佐倉くんはボクと戦うんだね……」

情緒不安定とも思える伊集院の言動に俺が顔をしかめていると、

「……わかったよ。だったらボクがもう昔のボクじゃないところを見せてやるよっ」

言うなり伊集院は俺の首を両手で摑んで締め付けてきた。

「んぐっ、この、何してんだっ！」

しかし伊集院のパワーがすごいといってもそれは人間レベルの話であって、俺にとっては大したことはなかった。

不意を突かれて多少驚きはしたものの、俺は伊集院を手で突き飛ばし、距離を取る。

「!? や、やっぱり……佐倉くん、きみもボクと同じで【レベルフリー】を覚えているんだね」

呆然《ぼうぜん》とした顔から一転して、伊集院は生き生きとした顔になった。

「ちなみにボクのレベルは８９１７だけど佐倉くんはいくつなのかなあ？」

「何笑ってるんだお前？」

「え？　ボク、笑ってる……？　あ、本当だ……」

伊集院は自分の顔を触って口角が上がっていることを確かめる。

「伊集院、お前マジで大丈夫か？」

「なんで？　全然問題ないよ。むしろ絶好調だよボクっ」

変なクスリでもやってるんじゃないだろうな。

そう俺に思わせるくらいに伊集院は楽しそうに笑った。

「伊集院、もうやめよう。な？　お前が強いのはわかったから」

「駄目だよ。だって本当はそう思ってないでしょ」

にやにやと笑って伊集院は口にする。

「思ってるって。それに俺はお前と戦いたくなんてないし、戦う理由もない」

「ボクにはあるよ。ボクはもうあの頃の弱かったボクじゃないんだってことを佐倉くんに証明したいんだ」

言いつつ俺に近寄ってくる伊集院。

伊集院の言っていることはさっぱりわからないが、俺と戦う気満々だってことだけはよくわかる。

どうすれば……。

俺は後ろにじりじりと下がりながら、

「……なあ、伊集院。お前さっき自分のレベルが８０００いくつだって言ったよな？」

「８９１７だよ」

「たしかにお前の言う通り俺も【レベルフリー】を覚えてるよ」

正直に白状する。

「やっぱりだっ」

「でもレベルはお前の思っているものとは多分桁が違うぞ」

「……どういうこと？」

「俺のレベルはな――」

伊集院を諦めさせるためには仕方ないか。そう思い、

「８１２９２だ」

俺は現在のレベルを伊集院に教えてやった。

◇　◇　◇

レベルにこだわっていた伊集院のことだから、これでさすがに諦めてくれるだろう、そう期待していたのだが、

「ふーん……そっか。レベルが８００００を超えているなんてね……それはさすがに驚きだけどさ、それでボクが逃げ出すと思う？」

伊集院はこれっぽっちもひるんではいない様子で返す。

「嘘《うそ》じゃない、８００００だぞっ」

「わかってるよ。佐倉くんはボクに嘘はつかないもんね」

「だったらなんでまだ戦う気なんだよっ。死ぬぞっ」

俺は説得を試みるも、伊集院は身構えたまま俺に近寄ってくる。

「死なないよ。だってボクには奥の手があるからね」

そう言うと伊集院は俺を指差してこう言った。

「スキル、パラメータトレース！」

◇◇◇

伊集院がにやりと笑った。

次の瞬間――俺の目の前から残像を残して消える。

直後、俺の横に現れた伊集院が俺の左頬を殴りつけてきた。

「ぐあっ……！」

俺はふっ飛ばされて地面に転がる。

「い、いってぇ……」

「どう？　ボクのパンチ効いたでしょ」

と伊集院が俺を見下ろして言った。

どういうことだ？

俺のレベルは伊集院の十倍だぞ。

不意を突かれたとはいえ、俺が殴り飛ばされるなんて……。

「伊集院、何をした……？」

「ふふふ……ボクのスキルのパラメータトレースの効果だよ」

「パラメータトレース？」

「うん。このスキルはね、指を差して唱えた相手のパラメータをコピーできるんだ」

なっ⁉　マジかよ……。

「だから今のボクはレベル８１２９２の佐倉くんとまったく同じ強さなんだよっ」

言うと伊集院が猛スピードで駆けてくる。

俺も負けじと伊集院に向かっていった。

ガツンッ！！！

と拳と拳がぶつかり合う。

手がびりびりとしびれて、お互いにもう片方の手で殴りかかった。

だがこれも同じスピード、同じ威力でぶつかり合い相殺される。

「くっ……」

「このっ」

俺も、そしておそらくは伊集院も、格闘技などの経験はない。

超スピード、超パワー、超ディフェンスのパラメータに頼った殴り合いが展開された。

「ぐあっ……」

「がぁっ……」

俺は全力で伊集院を壁に殴り飛ばすが、壁に激突した伊集院が立ち上がり今度は俺が蹴り飛ばされる。

一進一退の攻防。

「ぐぅっ……」

「ぐっ……」

◇◇◇

俺と伊集院の戦いは熾烈《しれつ》を極めた。

ダンジョンの壁や地面が崩れて、いたるところに亀裂が入り、穴ができる。

人知を超えたパワーのぶつかり合いが続き――

「はぁっ、はぁっ、はぁっ……」

「はぁっ、はぁっ、はぁっ……」

小一時間が経《た》った頃、俺たちはお互いに距離を取りつつ、全身ボロボロになっていた。

◇◇◇

魂、精神力の削り合いが続いていた。

同じパラメータ同士の戦いである以上、心が折れた方が負ける。

俺も伊集院も、心の中に相手に勝つという強い気持ちを持って激闘を繰り広げていた。

「はぁっ、はぁっ、はぁっ……」

「はぁっ、はぁっ、はぁっ……」

はたから見たらレベル81292同士の人類の頂上決戦に見えるだろうが、戦っている当人同士からしたらただの子どもの喧嘩《けんか》だ。

同じパラメータである以上、本人たちからすればレベル1同士の戦いと大して変わりはない。

殴って殴られて、蹴って蹴られての繰り返し。

そこに高度な技術や戦略といったものは何もない。

「はぁっ、はぁっ……いつまで続けるつもりだ……？」

「はぁっ、はぁっ……どちらかが死ぬまで、かな……」

くそっ……伊集院はハイになっていて完全にイカレてる。

人生のピークが今この瞬間だとでも思っているんじゃないだろうな。

だが俺は、こんなところで死ぬつもりはないし死にたくもない。

俺は不毛な争いに終止符を打ちたかった。

だがこれといった手段はない。

火炎魔法なども試してみたが、伊集院は魔法耐性スキルでも持っているのか、それともアイテムを使用しているのか、とにかく魔法にも耐性があるようで、期待した効果は望めなかった。

「はぁっ……伊集院、お前は充分強いよ……もう誰もお前をいじめたりなんかしない」

「はぁっ……そんなことはもうどうでもいいんだ……ボクは今まさに生きているって実感できているんだからねっ」

言いながら伊集院が飛び掛かってくる。

「このっ……」

「ぐぅっ……」

俺と伊集院は両手を摑み合い、力勝負になった。

「ぐあああぁぁぁーっ!!」

「うああぁぁぁーっ!!」

だがまったく同じパワーの俺たちでは勝負がつかない。

とその時、

「真琴さんっ、最後のスキル【レベル消費】を使ってくださいっ！」

【透明化】が解けていた夢咲が大声で叫んだ。

レベル消費？

……そういえば唯一使ったことのないスキルがまだあったな。と伊集院と力比べをしつつ俺は思い出す。

【レベル消費】

言葉の響きが怖くて一度も使ったことのないスキルだった。

「……ぐぐっ、なんの話だよっ……」

「……お前には関係ない話だっ……」

このままではらちが明かない。

伊集院は本気でどちらかが死ぬまでこの戦いを止める気がないのかもしれない。

だとしたら、いちかばちか――やるしかないっ。

「……ス、スキル、レベル消費っ……！」

口にした瞬間だった。

身体中《からだじゅう》に今までにないほどの力がみなぎってくるのがわかった。

「……うおおぉぉぉーっ……!!」

「……ぅぐっ……な、なんだっ、この力はっ……!?」

俺は伊集院を圧倒する力でもって押し倒していく。

「……な、なんでっ、同じパラメータのはずなのにっ……！」

「……うおおぉぉぉーっ……!!」

そして、その時はやってきた。

ボキボキッ!!

「うわあああぁぁぁぁ～っ……！！」

全力を出し尽くした伊集院だったが、【レベル消費】を使用した俺の力の方がそれを大きく上回っていたようで、伊集院の両腕は見るも無残に折れ曲がった。

「あああぁぁぁぁ～っ……！」

両腕があらぬ方向に曲がってしまっている伊集院は、地面をのたうち回り大声で叫んでいた。

俺はボロボロになりながらも、

「はぁっ、はぁっ……」

伊集院を見事、返り討ちにしたのだった。

◇◇◇

だが、

「……あ、あぁっ⁉」

急に全身から力が抜けたかと思うと、俺は地面にへたり込んでしまう。

「真琴さんっ！」

夢咲が駆け寄ってきた。

心配そうな顔で、

「大丈夫ですかっ。どこか怪我《けが》してるんですかっ」

訊いてくる。

怪我はしているが伊集院ほどではない。

それに関しては問題ないはずなのだが……。

「なんか、力が一気になくなった感じだ……」

「力がなくなった……？　あの、真琴さん、ステータスを確認してみてくださいっ」

「え、なんで……？」

「いいから早くっ」

タメ口を使われたような気がしたがこの際どうでもいいか。

俺は、

「はぁっ……ステータスオープン」

と口にした。

＊＊＊＊＊＊＊＊＊＊＊＊＊＊＊＊＊＊＊＊＊＊＊＊＊＊＊

名前：佐倉真琴

レベル：1

HP：11／11　MP：0／0

ちから：8

みのまもり：6
すばやさ：4
スキル：経験値1000倍
：レベルフリー
：必要経験値1／1750
：魔法耐性（強）
：魔法効果10倍
：状態異常自然回復
：火炎魔法ランク10

：氷結魔法ランク10
：電撃魔法ランク10
：飛翔魔法ランク10
：転移魔法ランク10
：識別魔法ランク10
：レベル消費
******************************

「えっ……なんだこれ？」

俺のレベルは1になっていた。

◇◇◇

「……やっぱり」

横から俺のステータスボードを見つつ、夢咲が神妙な顔つきになる。

「真琴さんが使った【レベル消費】のスキルは、多分レベルそのものを使用するスキルだったんですよ」

「そ、そんな……」

あれだけ上がっていたレベルが【レベル消費】を使ったせいで1になってしまったのか……？

「これはわたしの推測ですけど、レベル分だけパラメータをアップさせるスキルだったんじゃないですかね」

「だ、だから伊集院に押し勝てたのか……それにこんなにも力が抜けたような感覚がするのか……」

全身に力が入らない。まるで赤ん坊の頃にでも戻ったようだった。

「で、でも真琴さん。スキルはなくなってませんからよかったじゃないですかっ。ねっ」

「あ……ああ」

俺を元気づけようとしてくれているのだろう、夢咲が俺の顔を覗《のぞ》き込《こ》んで笑顔を作ってみせる。

これでスキルまでなくなっていたら俺は立ち直れなかったはずだ。

「ああぁぁぁぁ〜っ……！」

夢咲のおかげでとりあえずは冷静になれたからか、伊集院の叫び声が再び耳に届いてきた。

「……夢咲、ラストポーション使ってもいいか？」

「あ、はいもちろんです。飲んでください」

俺は不思議なバッグの中からラストポーションを取り出すと、

「よいしょっと……」

ふらふらの状態のまま立ち上がって伊集院のもとへと歩いていく。

「あああぁぁぁぁ～っ……！」

そして、

「伊集院、これ飲めよ」

ラストポーションを開けると地面に倒れている伊集院の口に流し込んだ。

「えっ、真琴さんが飲むんじゃないんですかっ⁉」

「ああ、俺は問題ないから」

伊集院はうめき声をあげながらも、ラストポーションを飲み干していく。

すると、

「はっ……！」

さっきまで叫んでいたのが嘘のようにすっと起き上がる伊集院。

「……さ、佐倉くん……」

伊集院は俺を見て何か言いたそうな顔をする。

「伊集院、まだやるか？」

やるって言ったらどうしようという不安な気持ちはおくびにも出さず俺は強気で訊いた。

「…………いや、もういいよ。だって佐倉くん……レベル１になっちゃったんでしょ」

「え、聞いていたのか？」

ずっと叫んでいたから俺と夢咲の会話は聞こえていないと思っていたのだが。

「ボク、耳だけはいいんだ」

そう言うと伊集院はつきものが落ちたような顔で「ふふっ」と笑った。

俺は伊集院の笑顔を、その時初めて見たような気がした。

闘志のようなものがすっかり消え失《き》せ《う》てしまった伊集院を前に、やや呆気《あっけ》に取《と》られていると、

「佐倉くん……これ、あげるよ」

伊集院がポケットから帰還石を取り出し差し出してくる。

「え……いいのか？」

「レベル1じゃ地上までたどり着けないでしょ」

「あ、ああ……そうだな」

「これからボク、警察に行ってくるよ。桜庭くんたちにひどいことしちゃったからね……佐倉くんにも、迷惑かけてごめん」

ちょっとだけ頭を下げてから、ゆっくりと振り返り、そして歩き去っていく伊集院。

俺はその背中を見送りながら大きなため息をつくのだった。

☆　☆　☆

「伊集院さんって真琴さんに自分のことを認めてもらいたかっただけなのかもしれませんね」

伊集院の姿が見えなくなると夢咲がそんなことを言った。

「なんだそれ」

俺はそう返しながら伊集院に貰《もら》った帰還石を使おうと夢咲を手招きする。

「夢咲、帰るぞ」

「あ、ちょっと待ってくださいっ」

「ん？　なんだよ？　俺、かなりヘトヘトだから早く戻りたいんだけど」

駆け出していったと思ったら、夢咲は地面にあったカラフルなダチョウの卵のようなものを拾って戻ってきた。

「これ忘れてますよっ」

「あー、そういえば……」

フロアボスのヤマタノオロチを倒した時のドロップアイテムだったな。

伊集院のせいですっかり忘れていた。

「真琴さん、はいどうぞっ」

「ああ、サンキュー」

受け取った俺はこれまでの癖で、

「スキル、識別魔法ランク10っ」

と唱えた。

だが、目の前には何も表示されない。

「あの、今の真琴さんのレベルは1ですよ。たしかMPは0でしたよね」

「そっか……そうだったな」

失念していた。これも伊集院のせいといえば伊集院のせいだが。

ＭＰが０では魔法は当然のことながら使えない。

「夢咲。代わりに識別魔法を使ってみてくれ」

「わかりました、任せてください」

明るく返事をすると、夢咲は「スキル、識別魔法ランク６っ」と唱える。

しかし、

「あ～、すいません。駄目ですね。これレアアイテムですよ、アイテム名しか表示されませんから」

と残念そうに夢咲。

「レアアイテムか……」

ヤマタノオロチのドロップアイテムはランク６の識別魔法でも鑑定できないレアアイテムだったようだ。

「それで名前はなんていうアイテムなんだ？」

「レインボーエッグです」

「レインボーエッグ……へー、じゃあやっぱりこれ、見た目通り卵だったのか」

「卵ってことは割って食べるか、孵化《ふか》させるかするんですよねきっと」

夢咲が笑顔で俺を見る。

「いや、普通に考えて食べ物ではないだろ」

おそらくは後者のはずだ。

「まあとりあえず、ダンジョンセンターに持っていって鑑定してもらってからどうするか決めればいいか」

そう考え、俺はレインボーエッグとやらを不思議なバッグの中にしまい込もうとバッグの口を開けた。

とその時だった。

パキッ。パキパキッ。

手に持っていた卵の殻に勝手にひびが入った。

「えっ？」

俺はびっくりして落としそうになるが、なんとかこらえる。

パキパキパキパキッ。

なおも亀裂が広がっていって、中にいる何者かの目がぎょろっと動き俺と目を合わせた。

「真琴さん、これって……？」

「ああ、よくわからないけどこの中に何かがいるぞ。今にも出てきそうだっ」

まさに俺がそう口にした瞬間――

『キュイイィィーッ！』

卵の殻が派手に割れて、中から小さなドラゴンのような魔物がぽんっと飛び出したのだった。

☆　☆　☆

『キュイイィィーッ』

卵から飛び出したのは、体長二十センチほどの白くて小さなドラゴンタイプの魔物だった。

申し訳程度の小さな翼で宙に浮いている。

するとその魔物は俺の顔を見るなり、『キュイイィィ～』と自分の顔を俺の胸にこすりつけるようにすり寄ってきた。

「なんだこいつ……？」

「なんか可愛《かわい》いですね」

夢咲の顔がほころぶ。

ドラゴンタイプのその魔物はどうやら俺たちに対して敵意は持っていないようだった。

『キュイイィィ～』

「真琴さんになついてますね」

「魔物になつかれても困るんだけどな……おーい、一旦離れてくれ」

俺はその魔物を引きはがそうとするが、魔物は俺の服に顔をうずめたままてこでも動かない。

レベル1に戻って非力になってしまった俺では、こんな小さな魔物にすら力で勝てないというのか。

『キュイイィィ～』

「マジでなんなんだよ、こいつは……」

なす術《すべ》なく夢咲に目をやると、

「……あっ、そうだ！　わたし読心魔法でこの子の考えてること読んでみますよっ」

言って読心魔法を唱えた夢咲は、そのまま魔物に話しかけた。

「ねぇねぇきみ、きみは魔物だよね？」

ちょんちょんと魔物の頬をつつく夢咲。

『キュイィィー』

魔物は鳴き声で返す。

「ふんふん……へー、そうなんだ～。キューンちゃんね。それでそれで？」

『キュイイィィ』

「うん……ふ～ん、真琴さんと一緒に？」

『キュイイィィー』

「そっか～。いい子いい子」

俺には意味不明な会話を魔物と続けていた夢咲が魔物の頭を撫《な》でた。

「なあ夢咲、こいつなんて言ってるんだ？」

「こいつじゃなくてキューンちゃんですっ」

と夢咲は俺を注意する。

「キューンちゃん？　なんだよそれ？」

「この子の名前ですよ。自分で名乗ったんです、おいらはホワイトドラゴンのキューンだよって」

「ほんとかよ」

本当にそんな口調なのか？

俺にはわからないからって適当言ってるんじゃないだろうな。

「大好きな真琴さんと一緒にいたいんだそうですよ」

「大好き？　今さっき会ったばかりなのにか？」

「はい。大好きなマスターの役に立ちたいんだって言ってます」

「こいつがか？」

俺は目線を落とした。

魔物はいまだに俺の胸に顔をこすりつけている。

「キューンちゃんですってばっ」

「はいはい、キューンね」

『キュイイィイーッ』

俺が名前を呼んだからか、その魔物、キューンはやっと俺の胸から離れて少し飛び上がると、顔の前で翼をぱたぱたさせてホバリングし出した。

『キュイイィイー。キュイイィイーッ』

キューンは何か言いたそうだが俺にはまるでわからない。

「夢咲。キューンはなんて言ってるんだ？」

「えーっとですね、おいらは魔物の中で最強種族のドラゴンの中でもさらに最強のホワイトドラゴンだからマスターの役に立てるよっ絶対、だそうです」

「最強……？」

手乗り文鳥みたいなサイズでよく言うよ。

「……っていうかこいつ俺とずっと一緒にいるつもりなのか？」

「みたいですね」

「マジかよ」

するとキューンは『キュイィィー』とひと鳴きしたかと思うと、俺の右肩に乗った。

「あっ、おい。勝手に乗んな」

『キュイィィ～』

「マスター、これからよろしくねっ。って言ってます」

俺は1からレベルを上げ直さないといけないってのに、そのうえ言葉の通じない魔物の世話までしなけりゃいけないのか……？

「……勘弁してくれ」

『キュイィィ～』

俺の心の内を知ってか知らずか、キューンは俺を元気づけるように俺の頬にそっと顔をすり寄せた。

◇◇◇

「はぁ～……じゃあ地上に戻るぞ」

「は～い」

『キュイィィー』

俺は帰還石を足元に投げつけた。

すると帰還石が割れて、赤い光の球体が二人と一匹を包み込む。

そして次の瞬間――俺たちはダンジョンの出入り口へと戻ってきていた。

不幸中の幸いというか、時刻は夜の九時過ぎ。辺りは真っ暗で人通りは少なかった。

おかげで肩に魔物を乗せていても特に騒ぎになることもなく、ダンジョンセンターへと無事にたどり着くことが出来た。

◇◇◇

ダンジョンセンターに入るとプレイヤーたちが俺の連れているキューンを見てぎょっとしたが、連れているのが俺だとわかると納得したように向き直る。

名が売れていたおかげで、多少目立つ行動をとってもそれほど注目されなくなっているのかもしれないことは俺にとって僥倖《ぎょうこう》だった。

ダンジョン内で手に入れたアイテムはメドューサエキス、パラライズパウダー、夕闇の小太刀、一角獣のホルン、レアメダル、サウザンドドラゴンのうろこ、フレックスチョコレート、悪魔の砂時計、堕落の痛恨棒、ベヒーモススレッド。さらにはヒーリングシードの木から摘み取った薬草と魔草が沢山。

夢咲と相談した結果、薬草と魔草以外はすべて夢咲名義でダンジョンセンターに買い取ってもらうことにした。

「それでは合計で二十二万千円になりますがよろしいでしょうか?」

「はい、お願いしますっ」

受付の女性の問いかけに夢咲がうなずく。

「あっ、千円は五百円玉二枚にしてくださいっ」

思い出したように夢咲が付け加えた。

「はい、かしこまりました」

そして、女性からお金を受け取った夢咲は立ち上がると、

「じゃあ、これ半分の十一万円と五百円ですっ」

俺に差し出してくる。

「はいよ」

俺は手渡されたそれをズボンのポケットに突っ込むと、夢咲とともにダンジョンセンターをあとにした。

◇◇◇

「ダンジョンクリアの報酬はあとでこの口座に振り込んでおいてくれ」

「はーい。わかりました」

夢咲名義でダンジョンクリアの報告も済ませていたので、クリア報酬の三百万円が受け取れるのは夢咲だけだ。

そこで俺は夢咲に口座番号を書いた紙を手渡したのだった。

「さてと、じゃあここで夢咲とはお別れだけど、ちゃんと家に帰るんだよな？」

「もちろんですよ」

「本当か？　なんなら家までついていこうか？」

「い、いいですってばっ」

慌てた様子で両手を顔の前でぶんぶんと振る夢咲。

「真琴さんと一緒に帰ったりしたら、お父さんが誤解して、また親子喧嘩が始まっちゃいますよ。わたしのこと女友達と一緒にいるって思ってるはずですから」

「そうなのか……わかった。じゃあ気をつけて帰れよ」

「はいっ」

夢咲が俺の目を見て答えた。

そして、

「元気でね、キューンちゃん」

キューンをひと撫でしてから再度俺に目線を移して、

「真琴さん、いろいろとお世話になりましたっ」

頭を下げる。

「ああ」

『キュイイィィー』

「それじゃ、失礼しますっ」

笑顔で手を振りたたたっと走り去っていく夢咲。

俺とキューンはそんな夢咲を見えなくなるまで眺めていた。

☆　☆　☆

夢咲を見送った俺は、仮眠をとるためにキューンを連れてネットカフェへと向かって歩く。

本来ならば飛翔魔法でさっさと自宅へ帰って、自分のベッドで寝たかったのだが、レベルが1に戻ってしまったせいでＭＰが０になり、魔法が一切使えなくなってしまっているので仕方がない。

『キュイイィイ』

「ん？　なんだよ」

『キュイイィイ』

俺の右肩に乗ったキューンがしきりに鳴き声を上げるが、何を伝えたいのか俺にはさっぱりわからない。

心を読める夢咲がいなくなった今、キューンとの意思疎通はなかなかに難しそうだ。

◇◇◇

ネットカフェに着いた俺は、キューンをぬいぐるみのように小脇に抱え店内へと入る。

そして、特に怪しまれることもなく受付を済ますと個室に向かった。

『キュイイィィー』

「こら、もう少しだけぬいぐるみのフリしててくれ」

はたから見たら、ぬいぐるみに話しかけている変な奴に見えたかもしれないが、この際どうでもいい。

個室に入るとキューンをテーブルに置き、俺は不思議なバッグの中からカニの缶詰を取り出した。

それを食べようとすると、

『キュイイィィ～』

キューンが顔にすり寄ってくる。

「おい、なんだよ。どうした？　静かにしてくれ」

『キュイイィィ～』

「ん、もしかしてお前も食べたいのか？」

『キュイイィィー』

キューンの表情からなんとなくそう感じた俺は、缶詰をキューンの目の前に差し出してやった。

すると、

『キュイイィィ～』

キューンはぱくぱくとそれを食べ始める。

「なんだ。お腹《なか》がすいてたのか……」

食べることに夢中になっているキューンを横目に、俺はこれでとりあえずは静かになってくれるだろうと、ホッと一息つくのだった。

☆　☆　☆

翌日。

俺は朝一で始発列車に乗り込み、帰路についた。

その車内では、キューンには俺の膝の上でぬいぐるみのフリをしてもらった。

通勤途中のおじさんには冷ややかな目で見られたが、構うものか。もうどうせ二度と会うこともないおじさんだ。

そうして家に着いたのがお昼頃。

家には鍵がかかっていたので、もちろん父さんは仕事でいないが義母《かあ》さんも家を空けているようだった。

鍵を開けて四日ぶりの我が家へ上がり込むと、キューンが浮かび上がって廊下を飛んでいく。

「おーい、どこ行くんだー？」

『キュイイィィー』

相変わらず何を言っているのかさっぱりだが、嬉《うれ》しそうに家の中を飛び回っているようなので放っておくか。

俺はキューンはそのままにして、二階にある自分の部屋へと足を運んだ。

◇◇◇

「はぁ〜、疲れたー」

自室に入るとベッドにダイブする。

レベルが８１２９２からいきなり１になったせいか、ものすごく体が重く感じて普通に歩くだけでも疲れる。

「早いとこレベルを上げ直さないと何もできないぞ」

つぶやいたその時、スマホの着信音がピリリリリ……と鳴った。

「ん……」

寝返りを打って仰向けになると、スマホをズボンのポケットから取り出す。

俺は画面を確認して、

「ん？　……んっ？」

つい二度見してしまった。

なぜならスマホの画面に表示されていた名前は、俺に電話をかけてくることがほとんどない人物のものだったからだ。

◇◇◇

「あーもしもし。水川《みずかわ》か？」

『あ、もしもし、はい、そ、そうです、み、水川ですっ』

電話の主は水川だった。

「なんだ？　水川から電話くれるなんて」

『す、すみません佐倉さんっ。突然お電話してしまってっ』

「いや、別に構わないけどさ。あれ？　今日学校は？」

『い、今はお昼休みなんです。隣にはべ、紅《べに》ちゃんもいますっ』

紅ちゃんというのは長澤《ながさわ》のことだ。

「ふーん、そうなのか。それで、なんの用なんだ？」

『あっ、え、えっとですね、その……』

そこまで言ったところで『べ、紅ちゃん、なんて言えばいいのっ？』と水川の声がかすかに聞こえてきた。

さらに『も～、何してんのっ』と長澤の声も届いてくる。

おそらく近くにいる長澤と何か話しているようだった。

『……』

『……』

その間ほったらかしにされる俺。

「おーい、水川ー。聞こえてるかー？」

声をかけると、

『あ、もしもし佐倉っ。あたし。長澤だけどっ』

長澤の潑剌《はつらつ》とした声が返ってきた。

「長澤か。水川はどうしたんだ？」

『蓮華《れんげ》は恥ずかしがっちゃって全然駄目っ。代わりにあたしが話すわ……っていうか佐倉あんた、もしかしてずっとダンジョンに潜ってた？　あたしたちここ三、四日ずっと電話してたんだけどどつながんなかったわよ』

「そうだったのか。悪いな、たしかにここ四日間くらいはダンジョンの中にいたぞ」

『高校行ってない奴は暇でいいわねー』

それ、海道《かいどう》にも言われた気がするな。

『海道から聞いたんだけど佐倉って最近のニュースとか全然見てないんでしょ。だから今回の話も知らないんじゃないかと思って、蓮華がどうしてもあんたに教えてあげたいって言うから何度も電話してやってたのよ』

「今回の話ってなんだよ」

『あー、やっぱり知らないんだ……蓮華、佐倉やっぱり知らないみたいよ。よかったわね』

「おーい、無視すんなっ」

『聞こえてるわよ、うっさいわね』

と語気強く長澤が言う。

勝ち気な奴だ。

『佐倉、あんたが優勝したバトルトーナメントだけど、次回開催はしばらく延期するみたいよ』

「え、なんで？」

『さあね。なんかいろいろ不備があったって話だけど実際はどうだか』

「ふーん。それを伝えるためにわざわざ電話してくれたのか？」

だとしたら正直どうでもいい話なのだが。

『ううん、今のはおまけみたいなものよ。こっからが本題。これはあんたも知ってるだろうけど、ダンジョンが出来てからスキルを悪用して犯罪に手を染める人たちが増えていたでしょ。だから特別措置法とかでスキルを使った犯罪者には罪を重くして対応してたじゃない』

「あ、ああ」

まずい。初耳だ。

『でもそれでも追いつかないから、スキルを悪用する犯罪者をスキルを使いこなせる警察官が取り締まることになったでしょ』

「ああ」

一応相槌《あいづち》を打っておく。

『今その警察官の集まりのスペシャルスキルチーム、ＳＳＴっていうんだけど。それに逮捕権限を持たせた一般のプレイヤーにも参加してもらおうって動きになってるのよ』

「へー、そうなのか」

『それでね、あたしたちお金はもう充分稼いだし、平和のために役に立てるのならそれに参加しようって蓮華たちと話してたわけよ』

「蓮華たちってことは神代《かみしろ》と海道もか？」

『そうよ。だからどうせなら佐倉、あんたも誘おうかって海道と蓮華が言い出したの。それで何度も電話してたってわけ』

海道はともかく水川も俺に参加してほしがったのか……少し意外だな。

「そのSSTってやつは高校生でもなれるのか？」

『今の感じだとオッケーみたい。まあそれだけ切羽詰まってるってことなんじゃないの。で佐倉、あんたはどうすんのよ？』

「いや、俺は……今はちょっと」

『ちょっとなんなの？』

レベルが1になってしまっているとは言い出せず、

「うん、まあ、考えとくよ」

とだけ口にした。

『キュイイィィ～ッ』

「あっ、こらやめろっ」

そこへいきなり俺の部屋にキューンが飛び込んできた。

『やめろって何よ？　っていうか今の鳴き声なんなの？』

「いや、なんでもないからっ」

言いながら俺は部屋の中を飛び回っていたキューンを抱きかかえると口を塞ぐ。

「と、とにかくさ、俺は今はちょっとあれかなぁ……」

『あれって何よ、はっきりしないわね。言いたいことがあるなら言いなさいってば』

「うーん……あのさ、そこに神代いるか？」

『いないわよ。神代と海道とはあたしたちクラス別だもん』

「ちょっと神代に代わってくれないか」

『は？　なんでよ？』

「いいから、頼むよ長澤」

『……まあいいけどっ』

そう言って長澤はスマホを持って神代のいるクラスまで行ってくれたようで、このあと俺は俺のレベルの秘密を知っている神代にだけ、レベルが1になってしまったことを伝えたのだった。

その際、神代は「なるほど、それはよかったじゃないですか」と訳の分からないことを言った。

レベル1の何がいいんだ、まったく。

まあ、あとは神代がみんなに話してくれるというので、任せることにして電話を切った。

神代のことだから、きっと俺のレベルの件は上手《うま》く伏せて、俺がＳＳＴに参加しないことを長澤たちに丁寧に説明してくれることだろう。

頼むぞ、神代。

# 第二十一章　レベリング

＊＊＊＊＊＊＊＊＊＊＊＊＊＊＊＊＊＊＊＊＊＊＊＊＊＊＊＊

名前：佐倉《さくら》真琴《まこと》
レベル：1
HP：11／11　MP：0／0
ちから：8
みのまもり：6
すばやさ：4
スキル：経験値10000倍

：レベルフリー
：必要経験値１／１７５０
：魔法耐性（強）
：魔法効果10倍
：状態異常自然回復
：火炎魔法ランク10
：氷結魔法ランク10
：電撃魔法ランク10
：飛翔《ひしょう》魔法ランク10
：転移魔法ランク10

：識別魔法ランク10
：レベル消費

＊＊＊＊＊＊＊＊＊＊＊＊＊＊＊＊＊＊＊＊＊＊＊＊＊＊＊＊＊

「我ながら情けないパラメータだなぁ……」

俺は、青森県むつ市の映画館の横にあるランクZのダンジョン、通称［易しい庭のダンジョン］の出入り口に立っていた。

ここは最低ランクのダンジョンなのでスライムしか出てこない。

レベル1の俺にはもってこいのダンジョンなのだ。

「ステータスクローズ」

目の前に表示されていたステータスボードを閉じる。

『キュイイィィ〜』

俺の右肩に乗りながら甘えるように俺の顔に体を寄せてくるキューン。

家に置いてこようかとも思ったが、キューンは意地でも俺から離れようとしないため、仕方なく連れてきた。

ちなみに父さんと義母《かあ》さんには、キューンを家で飼うことを承諾してもらえている。

魔物を家で飼うなんて絶対嫌がると思っていたから、これに関してはありがたいと言うほかない。

「おい、キューン。ダンジョンに入っても勝手に飛び回ったり、どっか行ったりしないでくれよ」

『キュイイィー』

わかっているのかいないのか、キューンは翼をぱたぱたとはためかせて俺の肩の上で宙がえりしてみせた。

「じゃあ行くぞ」

『キュイイィ』

こうして俺は、キューンを肩に乗せて易しい庭のダンジョンに足を踏み入れたのだった。

◇◇◇

易しい庭のダンジョン地下一階。

レベル1である以上俺は慎重にダンジョン内を進んでいく。

前のダンジョン探索で沢山の薬草と魔草を手に入れていたので多少傷付いても問題はないが、それでもやはり慎重であることに越したことはない。

俺はキューンとともに一本道の長い通路を歩いていた。

すると前から一匹のスライムがぴょんぴょんと跳びながら近付いてくる。

『フィキー！』

青い体のぷるんぷるんした小さな魔物であり、全魔物の中で最も弱いスライムが、俺の姿を見て鳴き声を上げた。

　体を小刻みに震わせて威嚇してくる。

「キューンは手を出すなよ」

『キュイイィィ』

　キューンが返事をした時だった。

　スライムがぴょ～んと跳ねて俺に体当たりしてきた。

「いてっ！」

　ぷるんぷるんした体のくせになかなかの威力だ。

　武器も防具も何も装備していない俺はまともにスライムの攻撃を受けてしまう。

『キュイイィィ？』

「大丈夫だ。スライムごときに負けてたまるかっ」

　心配そうにみつめるキューンをよそに俺はスライムを蹴り上げた。

　ぽーんと宙に浮くスライムだったが、スライムは上手《うま》く着地すると効いてないぞと言わんばかりに体を揺らす。

「くそ……たかがスライム一匹に何をしているんだ俺は」

　一桁台に戻ってしまった自分のパラメータが恨めしい。

　するとそこへ、

『フィキー！』

『フィキー！』

『フィキー！』

向こう側からスライムが新たに三匹やってきた。

「なっ⁉　マ、マジかよっ」

合計四匹となったスライムたちが俺をまん丸い目で見上げている。

「くっ……仕方ない。ここは一時退却だっ」

俺は悔しい気持ちをぐっとこらえ、スライムたちに背中を向けると、一目散に逃げだしたのだった。

◇◇◇

スライムたちから逃げてダンジョンの外に飛び出た俺。

「はぁっ、はぁっ……スライム四匹はさすがにきびしいって。まったく」

膝に手を突き、肩で息をしながら、誰にともなく愚痴をこぼしていると、

「あのう、お兄さん大丈夫ですか？」

可愛《かわい》らしい声が俺の耳に届いてきた。

顔を上げると、そこには姉妹らしき顔の似た少女二人が立っていて、興味深げに俺を眺めていた。

「あ、ああ。大丈夫だよ」

「でもさっきスライム四匹はきびしいって言ってたじゃん」

妹だろうか、背の低い方の少女が俺を指差して言う。

「ああ、ちょっと四匹だとさすがにね……」

「お兄ちゃんってスライムにも勝てないのっ？　めっちゃ弱いじゃん」

「ちょっと瑠璃《るり》、失礼だよっ」

「だって本当のことだもんっ。お姉ちゃんだって本当はそう思ってるでしょ？」

「わ、わたしは別にそんなこと思ってないわよっ」

「うっそだぁ〜」

姉妹は俺をよそに言い合いを始めた。

俺のことを知らない様子だからおそらくプレイヤーではないのだろう。

俺は息もだいぶ整ったので、姉妹を横目にまたダンジョンに入ろうとする。と――

「あっねえ、ちょっと待ってお兄ちゃん。それ何っ？」

瑠璃と呼ばれていた少女が俺の右肩に乗ったキューーンに気付いて声を上げる。

「え、こいつ？　こいつは……」

言おうかどうしようかためらうも、

「……ホワイトドラゴンのキューーンっていうんだ」

子ども相手に隠し事をするのも気が進まなかったので教えてやった。

「キューーンちゃんか〜。ねえ、キューーンちゃん触らせてっ」

俺に近付いてきて手を伸ばす少女。

ぐいぐい来るなぁ、この子。

「ちょっと瑠璃、駄目だってば。お兄さん困ってるでしょ」

と背の高い方の眼鏡をかけた少女が注意する。

「いや、まあいいよ。キューンちょっといいか？」

そう言って、俺はキューンを手に乗せると背の低い少女の前に差し出した。

「わぁっ、何これ～、超可愛い～っ」

キューンをむぎゅっと摑《つか》み、頬擦りする少女。

しっかりした黒髪ストレートの、いかにもクラス委員長タイプの子とは違って、天真爛漫《てんしんらんまん》で感情表現豊《ゆた》かな、ボーイッシュな子供という表現がよく似合う。

『キュイイィ』

キューンはちょっと嫌そうにしている。

相手は子供だ、我慢してくれ。

「すみませんお兄さん、妹のわがままを聞いてもらっちゃって……わたし、天童琥珀《てんどうこはく》って言います。中学三年生です。この子はわたしの妹で瑠璃です。小学六年生です」

「俺は佐倉真琴だよ」

「ねえお兄ちゃん、この子ちょうだいっ」

妹の瑠璃ちゃんがキューンを抱きしめながら俺を見上げた。

「いや、それはさすがに駄目かな」

キューンとは出会ってまだ日は浅いが、それなりに愛着はある。それに何よりキューンが嫌がっているようだしな。

「え～、いいじゃんっ。ちょうだいよ～」

「瑠璃、無理言わないの」

「じゃあ十万円払うって言ったら？」

と瑠璃ちゃん。

「え、十万円？」

どこからそんな金額が出てきたのだろう。

小学生が口にする額にしてはややリアルで生々しい。

「あっお兄ちゃん、あたしが嘘《うそ》ついてると思ってるでしょ。でも十万円くらいあたしYouTubeやってるから余裕で払えるからねっ」

「YouTube？」

「そうだよっ。あたしたち美人姉妹YouTuberって言われてて結構人気あるんだよっ」

「瑠璃ってば、恥ずかしいこと言わないでっ」

「姉妹でYouTuberやってるの？　琥珀ちゃんも？」

妹の瑠璃ちゃんの方は活発そうだからなんとなくわかるが、姉の琥珀ちゃんはおとなしそうだからちょっと意外だった。

「え、ええ、まあ。でも美人姉妹YouTuberとか名乗ったこと一度もありませんからねっ」

「ふーん、そうなんだ」

今の時代誰でもYouTubeとかやってるんだなぁ。

「ねえお兄ちゃん、だからこの子十万円でちょうだいよっ」

まだ諦めてなかったのか、瑠璃ちゃんが言う。

すると、

『キュイイィィーッ』

キューンが体を揺すって自力で瑠璃ちゃんの胸元から抜け出すと、俺の頭の上に避難した。

「悪いけどキューンもこの通り嫌がっているみたいだからごめんな、瑠璃ちゃん」

「え～」

「瑠璃、わがまま言わないの。ねっ、わかった？」

「……はーい」

瑠璃ちゃんはわかってくれたようで口をとがらせつつ返事をする。

「じゃあ俺はこのダンジョンに用があるからここで」

「あ、はい。佐倉さんありがとうございました」

「キューンちゃん、またねー」

俺は天童姉妹と別れ、再び易しい庭のダンジョンへと繰り出すのだった。

☆　☆　☆

易しい庭のダンジョン地下一階にて、俺は一匹のスライムと対峙《たいじ》していた。

『フィキー！』

飛び掛かってきたスライムを逆に殴り飛ばしてやろうと右拳を振るうも空振り。

そのままスライムの体当たりを顔面にくらってしまう。

「いってぇー……くそっ」

俺は薬草を一枚咀嚼《そしゃく》しながらスライムの動きを注視する。

スライムは笑みを浮かべながら、フットワーク軽くぴょんぴょん左右に飛び跳ねていた。

「スライムのくせに余裕じゃないか」

『フィキー』

何を考えているのかまるでわからないまん丸い目で、スライムは俺を眺めている。

と次の瞬間、

『フィキー！』

スライムはまたも体当たりを仕掛けてきた。

「このっ」

今度こそとばかりに、俺は右ストレートを放つ。

ちっ。

攻撃がスライムの横顔をかすめるもクリーンヒットにはいたらず、スライムの攻撃をどんっとお腹《なか》に浴びてしまう俺。

「ぐはっ……」

スライムの体当たりをお腹で受けて一瞬吐き気に襲われた。

『キュイイィィ？』

「だ、大丈夫だ……」

心配そうな顔をするキューンに強がってみせる。

だが……。

「せめて武器か防具でもあればな……」

レベル1でしかも生身で魔物と戦うのは、たとえ相手がスライムだとしてもなかなか大変だった。

役立ちそうな武器や防具を拾いたいところだが、このダンジョンはすでに多くのプレイヤーが潜っていて、アイテムは取りつくされているはずだから、それは期待できそうにない。

俺自身もアイテムのストックは薬草と魔草だけだ。

とそこへ、

ざざざっ。

スライムと目を合わせつつ間合いをはかっていると、後ろから物音がした。

すばやく振り返る。

「げっ……嘘だろっ」

そこにはまたしてもスライムが一匹やってきていた。

一匹相手でも手間取っているのに、二匹相手はしんどいぞ。

かといって挟み撃ちされているので逃げるにも逃げられない。

ど、どうする……？

俺が考えを巡らせていたその時だった。

「とりゃあっ！」

可愛らしい声とともに俺の後ろにいたスライムがぽーんと宙を舞った。

そして地面に落ちると消滅する。

誰だっ。

俺は振り返って見た。

するとそこには、さっきダンジョンの外で出会ったばかりの天童姉妹の妹、瑠璃ちゃんがいて、勇ましいポーズをとって構えていた。

「瑠璃ちゃん⁉」

さらに、

「スキル、閃光《せんこう》魔法ランク1っ」

瑠璃ちゃんの後方から熱を帯びた光線が放たれて、スライムに命中。

体に風穴を開け、これを消滅させる。

その閃光魔法を放ったのは瑠璃ちゃんの姉の琥珀ちゃんだった。

「琥珀ちゃんまで⁉」

「はぁ～。お兄ちゃん、スライム相手に何やってんの？」

瑠璃ちゃんは呆《あき》れた様子で話しかけてくる。

「何って……っていうか二人の方こそ何してるの？」

ダンジョン前で別れたはずだが。

「す、すみません。佐倉さんのことがちょっと心配になって来ちゃいました」

琥珀ちゃんが申し訳なさそうに言う。

「あたしはキューンちゃんとまた会いたかっただけだけどねっ。キューンちゃ～ん！」

『キュイイィィーッ』

キューンは瑠璃ちゃんに捕まるまいと天井付近まで飛び上がった。

「あ～ん、キューンちゃん。今度はもっと優しく触るから下りてきてよーっ」

『キュイイィーッ』

キューンはふるふると首を横に振る。

どうやらキューンは瑠璃ちゃんのことが苦手なようだ。

「あのう、失礼ですけど佐倉さんてレベルいくつですか？」

おずおずと琥珀ちゃんが訊《たず》ねてきた。

「すみません。でもスライムを倒すの大変そうだったので……」

「俺のレベルか？」

この子たちにになら教えても構わないか。

「俺のレベルは1だよ」

「えっ⁉　レベル1ですかっ？」

「ああ。ちょっといろいろあってな」

そのいろいろを説明する気はないが。

「1ってヤバくない？　あたしよりずっと弱いじゃん」

キューンを捕まえるのを諦めたのか、瑠璃ちゃんが俺の方を振り向いて言う。

「あたしとお姉ちゃん、別にプレイヤーってわけじゃないけど、試しに遊びで入ったダンジョンで10まで上がったよ、レベル」

「ちょっと瑠璃っ。佐倉さんには何か事情があるのよきっと」

「事情って何？　お姉ちゃん」

訊《き》かれた琥珀ちゃんは難しい顔をしながら、

「そ、それは……ずっと怪我《けが》で入院していたとかあるかもしれないでしょ」

遠慮がちにささやいた。

「そうなの？　お兄ちゃん」

「いや、違うけど……」

「ほら違うって」

瑠璃ちゃんは俺と琥珀ちゃんの間に入り、俺と琥珀ちゃんの顔を交互に見る。

「お兄ちゃんってもしかしてプレイヤーになりたいの？　だとしたらそんな弱いんじゃこの先やっていけないよっ」

「あ、ああ。そうかもな」

「だったらあたしたちがレベル上げ手伝ってあげるよっ」

「え、いいよ別に」

たしかに今はスライム相手に手間取ってはいるが、俺には【経験値１０００倍】と【必要経験値１／１７５０】がある。

一匹でも倒しさえすれば、すぐにでもレベルは上がるのだ。

だが――

「あたしたちがスライムを追い詰めてあげるからさ、お兄ちゃんがとどめを刺せばいいよっ。ねっ？」

瑠璃ちゃんはやる気満々だ。

「お姉ちゃんもそれでいいよねっ？」

「わ、わたしはいいけど……」

「はい決まりっ。多分十匹くらいスライム倒せばレベル上がると思うから、まずはレベル2になるまで頑張ろうね、お兄ちゃんっ」

「あ、ああ」

押しの強い瑠璃ちゃんに迫られて、俺はついうなずいてしまった。

◇◇◇

「なんか、瑠璃がすみません」

俺の隣を歩く琥珀ちゃんが遠慮がちに口を開いた。

「もしかして迷惑だったんじゃないですか？」

「いや、そんなことないよ。さっきだって二人が来てくれて助かったし」

「そうですか。それならよかったです」

今、俺はスライムだけしか出ないというランクZのダンジョンである、易しい庭のダンジョンの地下一階を天童姉妹とともに歩いていた。

というのも妹の瑠璃ちゃんが、俺がレベル1で頼りないのを見かねてスライム狩りを手伝ってくれると申し出てくれたからだ。

「ちょっとー！　お姉ちゃんもお兄ちゃんも何ゆっくり歩いてんのー！　スライム探す気あるのー！」

俺たちの前を行く瑠璃ちゃんが、スカートを翻《ひるがえ》し、振り返って叫ぶ。

「ちょっと待ってよ、瑠璃ー！　すみません佐倉さん、なんかあの子いつも以上にテンションが高くて……うちって男兄弟がいないのでお兄ちゃんが出来た気でいるのかも……」

「いや、別にいいさ。それより俺たちももう少し速く歩こうか」

「はい、わかりました」

俺と琥珀ちゃんは前を歩く瑠璃ちゃんのあとを追った。

◇◇◇

それにしてもスライムは出てほしくない時は群れをなして出てくるくせに、出てほしい時はなかなかみつからないものだ。

ダンジョン内を十五分ほど歩き回った俺たちだったが、スライムの影すら見当たらないでいた。

「はぁ～あ。なんか面倒くさくなってきちゃった」

あくび交じりに瑠璃ちゃんが不満をもらす。

「なんでスライム出てこないの？　こんだけ探してるのにさー」

「瑠璃ちゃん。なんならあとはもう俺一人でやるから帰ってもいいよ」

言ってみるが、

「それは駄目だよ。だってお兄ちゃんを一人にしたら危ないもん。一度に沢山のスライムが襲ってきたらどうするのっ？　お兄ちゃん一人じゃやられちゃうよ」

瑠璃ちゃんにぴしゃりとはねつけられてしまった。

「まあ、それはそうかもしれないけどさ……」

「でしょ。お兄ちゃんレベル1なんだからおとなしくあたしたちについてくればいいのっ」

「はいはい。そりゃどうも」

さすが小学生。忖度《そんたく》がまるでない。

かたや中学生の琥珀ちゃんは、

「すみません、瑠璃が生意気なことを言って……」

と俺を気遣ってくれる。

「気にしてないよ。実際、瑠璃ちゃんの言う通りだからね」

「すみません」

とその時だった。

前を行く瑠璃ちゃんが声を上げた。

「いたっ！　スライムだっ！」

前方を見ると、たしかにスライムが二匹仲良くじゃれ合っているのが俺にも確認できた。

だが瑠璃ちゃんの声が大きかったせいか、スライムたちも俺たちの存在に気付いたようで、スライムたちは、

『フィキーッ』

『フィキーッ』

ぴょんと一回真上に跳び上がると、直後逃げ出した。

「あっ、逃げちゃうっ」

言って瑠璃ちゃんはスライムたちのあとを追う。

俺と琥珀ちゃんも瑠璃ちゃんに続いて駆け出した。

◇◇◇

曲がりくねった一本道を走っていくと袋小路《ふくろこうじ》になっていた。

そこには瑠璃ちゃんと瑠璃ちゃんに追い詰められたスライムが二匹。

「もう逃げ場はないからねっ」

『フィキー』

『フィキー』

体を寄せ合って震えているスライムたちに「むふふっ」と笑いながら、じりじりと詰め寄っていく瑠璃ちゃん。

そして、

「えいっ！」

瑠璃ちゃんが一匹のスライムめがけて拳を振り下ろした。

殴られたスライムはぶにゅっと潰れて、スーパーボールのように跳ねて天井にぶち当たる。

『フィキ～……』

ぼとっと地面に落ちたスライムは消滅していった。

「じゃあ残りの一匹はお兄ちゃんが倒してみてっ」

「おう、わかった」

瑠璃ちゃんにより一対一の状況を作り出してもらった俺はスライムの前に歩み出る。

『フィキー！』

スライムも俺を見据えていて、戦う気のようだ。

「よし。いくぞスライムっ」

俺は自分を鼓舞するように声を発した。

『フィキーッ！』

スライムはざざざっと地面を移動して俺の左側に回り込むと、ジャンプして体当たりを仕掛けてきた。

「おっと」

俺はその攻撃を体をそらして間一髪よける。

そして着地したスライムの背後からスライムをサッカーボールのように蹴り飛ばした。

壁にぽよんと当たって跳ね返る。

『フィキー！』

確実にダメージを負ったはずのスライムだったが、それでも体勢を立て直すと、もう一回俺に向かって飛びかかってきた。

「遅いぞっ」

やはりダメージがあったのか、先ほどより動きが遅いスライム。

俺は飛びかかってきたスライムをカウンターパンチで殴り飛ばしてやった。

『フィキ〜』

壁に当たって地面に落ちたスライムは目を回している。

「お兄ちゃん、チャンスだよっ！」

「わかってるっ」

俺はふらふら状態のスライムを左手で持ち上げると、顔面めがけ右ストレートを――

ばちんっと叩《たた》き込《こ》んだ。

俺の目の前で、

『フィキ〜……』

スライムが地面に倒れ込んで消滅していく。

《佐倉真琴のレベルが89上がりました》

「よしっ。倒したぞっ」

こうして俺はようやく、スライム一匹を倒すことに成功したのだった。

◇◇◇

レベルが一気に上がった俺は、このあと天童姉妹にはレベルが上がったことを感づかれないように手加減しつつ、次々とスライムを狩っていった。

そしてスライムを十匹ほど倒したところで、

「お兄ちゃんそろそろレベル上がったんじゃないっ？」

瑠璃ちゃんが訊いてきたので、俺はそこで初めてレベルが上がったことにして、

「ああ。ちょうど今上がったよ」

と答えた。

「これでレベル２になったからあとはもう俺一人でも大丈夫だよ。ありがとう瑠璃ちゃん、琥珀ちゃん」

早く一人になりたかった俺は大嘘をついて二人と別れようとする。

だが、

「お姉ちゃん、今何時？」

「ちょっと待って。えっとね、一時半」

「じゃあ待ち合わせまでにはまだ十分くらい時間あるねっ」

言うと瑠璃ちゃんは俺に向き直り、

「レベル上げ手伝ったんだから、キューンちゃんと遊ばせてっ」

言い放った。

「え……」

『キュイイィィーッ⁉』

☆　☆　☆

ダンジョンを一旦出た俺は、出入り口付近で瑠璃ちゃんがキューンと遊ぶ様子を琥珀ちゃんと一緒に眺めていた。

瑠璃ちゃんはとても楽しそうにキューンと追いかけっこをしている。

『キュイイィィーッ』

キューンはというと、遊んでいるというよりは瑠璃ちゃんに捕まりたくないから逃げているといった感じだが、あと少しの辛抱だ、キューンには頑張ってもらおう。

すると、

「あのう、佐倉さん。わたしたち迷惑じゃなかったですか？」

俺の横で瑠璃ちゃんを見守っていた琥珀ちゃんが、振り向いて言う。

「ん？　別にそんなことないよ」

「本当ですか？　もしかして佐倉さん一人になりたかったんじゃないかなって思って……」

と心配そうな顔で琥珀ちゃん。

鋭い。

「い、いや、そんなことないって。二人と一緒にいられて楽しかったしキューンもああやって喜んでいるからさ」

「そ、そうですか」

琥珀ちゃんは俺の言葉を受けてホッとしたように顔をほころばせる。

「逆にこっちこそ俺のために時間割いてもらって悪かったたね。琥珀ちゃんたち、誰かと待ち合わせしてたんでしょ？」

「あ、全然大丈夫です。わたしたちも楽しかったですから。それに待ち合わせにはまだ時間があったので」

「そう。それならいいけど」

『キユイイイィ～ッ』

とそこへ瑠璃ちゃんから逃げたキューーンが俺たちの方へ向かってきた。

そして俺の頭の上に乗っかる。

「はぁっ、はぁっ。あー楽しかったっ」

瑠璃ちゃんもやってきて、満足げに声を発した。

「瑠璃、そろそろ時間になるから映画館の中に入って待ってようか」

「はーい。香織《かおり》お姉ちゃんもう来てるかなー？」

「そうかもね。香織さん待たせたら悪いから、わたしたちも行こ」

「うん。じゃあキユーンちゃんまた遊ぼうねー」

『キユイイイィ～ッ』

顔を横にぶんぶん振るキューーン。

だが、そんなことはお構いなしに瑠璃ちゃんは笑顔でキューーンに手を振った。

ダンジョンのすぐ横にある映画館に入っていく二人。

俺はそれをちゃんと見送ってからダンジョンに戻るため、きびすを返した。

するとそこで、少女とぶつかりそうになる。

「おっと、ごめんっ。大丈夫？」

「……大丈夫」

少女は顔を上げた。

その顔を見てびっくり。

「──ってお前、桃野《ももの》じゃないかっ」

その少女はバトルトーナメントで俺と一戦交えた相手、桃野香織だった。

◇◇◇

「……あなたは、誰？」

首をかしげる桃野。

「いや、バトルトーナメントで戦った佐倉真琴だよっ。忘れたのか？」

「……あー……思い出した」

桃野は俺をじーっとみつめてからそう言った。

「まったく。それにしても桃野って青森の人間だったのか？」

「……違う」

「え、じゃあなんでここにいるんだよ」

「……休みだから従妹《いとこ》の家に泊まりに来てるだけ」

愛想なく淡々と答える。

「なんだ、そうなのか」

「……ねぇ、その魔物どうしたの？　召喚したの？」

桃野が俺の頭の上に乗っているキューーンを指差して口にした。

そういえば、桃野は召喚魔法の使い手だったな。

「いいや、そうじゃない。フロアボスが落としていった卵から出てきたんだよ」

「……ふーん」

そう言うと桃野はキューーンを見上げ、

「……ぼくは桃野香織。あなたは？」

と問いかける。

『キュイイィィ』

「……そう。かっこいい」

『キュイイィィー』

「……それわかる」

「なあ、何してるんだ？」

俺の言葉を無視して桃野はキューーンを手招きする。

するとキューーンは『キュイイィィ』とそれに従い、桃野の肩に自ら飛び乗った。

「おっ、珍しいな。キューンが俺以外になつくなんて」

『キュイイィィ〜』

キューンが桃野の顔にすり寄る。

それでも桃野は無表情のまま、

「……あなた、幸せ？」

『キュイイィィ〜』

「……そう。よかった」

キューンと言葉を交わしていた。

「なあ桃野、お前もしかしてキューンの言ってることがわかるのか？」

もしくは夢咲《ゆめさき》のように読心魔法でも使っているのだろうか……。

「……？　あなたはわからないの？」

「ああ、何を言ってるかさっぱりだ。ってことはやっぱり桃野はキューンの言葉がわかるんだな」

「……うん」

そう返した桃野は、スカートのポケットに手を入れると、何かを取り出してみせる。

「……これ、あげる」

そしてまんじゅうらしきものを俺に差し出してきた。

「なんだこれ？」

「……おまんじゅう」

「それは見ればわかるさ。だからなんなんだ？」

「……これを人間が食べると魔物と会話できるようになる。魔物に食べさせれば人間と会話できるようになる」

「マジでっ？　これダンジョンで拾ったアイテムなのか？」

「……そう」

こくりとうなずく桃野。

「これ、ただで貰《もら》っていいのか？」

「……うん、あげる」

「おお、ありがとう」

「……従妹が待ってるからもう行く」

「ああ、わかった……サンキュー桃野っ」

去っていく後ろ姿に声をかけたが、桃野はなんの反応もしなかった。

◇◇◇

手の中のまんじゅうをみつめる俺とキューーン。

「これを食べればお前と会話できるようになるらしいぞ」

『キュイイィィ』

俺は早速まんじゅうを食べてみようと口元まで運ぶ。が——

ぱくっ。

「あっ、キューンっ!?」

もぐもぐ……。

キューンが俺よりも先にまんじゅうを頬張ってしまった。

そしてキューンは味わうように何度も咀嚼してから、ごくんとそれを飲み込んだ。

「キューン……?」

俺はおそるおそるキューンに話しかける。

すると、

『あ～美味《おい》しかったっ。ごめんねマスター、おいらお腹すいてたから食べちゃったよっ』

キューンは人間の言葉を話していた。

「キューン!?　お前人間の言葉を喋《しゃべ》れてるぞっ」

『えっ、ほんとに!?　おいらこれまでと同じように普通に話してるだけだけど……』

「だってほら、今も会話できてるだろっ」

『そういえばそうだねっ……すごいやっ、香織の言ってたことはほんとだったんだねっ』

キューンは嬉《うれ》しそうに宙がえりをしてみせる。

『やったー。これでマスターと話が出来るよっ』

「そうだな」

今までは『キュイイィィー』としか聞こえなかったからキューンとの意思疎通は難しかったが、
これならもう問題なさそうだ。

ただ――

「人間の言葉を話せる魔物を連れているなんて知られたら、騒ぎになるかもしれないから、人が沢山いるところでは出来るだけ静かにしててくれると助かるんだけどな」

『そうなの？　まあ、マスターがそう言うのならおいら頑張ってみるよ』

「悪いな、キューン」

『気にしないでよマスター。それよりマスター、これからあらためてよろしくねっ』

「ああ、よろしく」

俺は握手代わりにキューンの頬をひと撫《な》でしたのだった。

☆　☆　☆

『マスター何してるの？』

「ん？　今スマホでダンジョンを検索してるとこだよ」

俺はスマホを使って、今のレベルで一番効率よくレベル上げが出来そうな近場のダンジョンを探していた。

『マスターは今レベルいくつなの？』

「今はレベル５９１だ」

『すごいやマスター。もう普通のプレイヤーの限界レベルを余裕で超えてるじゃん』

「まあな」

【レベルフリー】と【経験値１０００倍】と【必要経験値１／１７５０】のスキルのおかげだな。

「恐山にランクAのダンジョンならあるんだがな……」

『だったらランクAのダンジョンでもいいんじゃない？　マスターなら大丈夫でしょ』

「いや、ランクAはまだ誰もクリアしたことないダンジョンだからな。周りがクリアし始めるか、ほかに行くダンジョンがなくなるかしないと行くつもりはないよ」

それに今の俺はレベル591。

もっとレベルを上げて、どんなプレイヤーにもどんな魔物にも負けないくらい強くならなくては。

俺は割と慎重派なのだ。

「岩手県にランクJのダンジョンがあるな。そこにするか」

『ランクJだとクリアされてるんじゃないの』

「ああ、クリア済みのダンジョンだな。でも今の俺のレベルで安全にレベル上げするにはランクJくらいがちょうどいいと思うんだ」

『そうかなぁ。マスターはもっと自分に自信を持った方がいいんじゃない』

「いいんだよこれで。命あっての物種なんだからな」

高ランクのダンジョンにはレベルを上げてからいつでも挑戦できる。

死んだら元も子もないんだ。今は安全策をとるのが賢明な判断というものだろう。

「というかキューーン、お前の強さはどれくらいなんだ？　ランクJのダンジョンとか入っても大丈夫なのか？」

『マスター、おいらは最強種族のドラゴンの中でも最も強いホワイトドラゴンだよっ。ランクAのダンジョンだってへっちゃらさっ』

キューンは胸を張ってみせた。

本当かなぁ？

……そんな強そうには見えないんだけどな。スライムより小さいし。

「じゃあ、キューンの心配はしなくてもいいんだな」

『もちろんだよ。そのランクJのダンジョンだっておいらなら余裕さっ』

「わかった。そういうことなら俺は好き勝手やらせてもらうぞ」

『うんっ』

こうして俺は、キューンとともに岩手県盛岡市にあるランクJのダンジョン、通称［仄暗《ほのぐら》い蔵のダンジョン］へと向かうことにした。

☆　☆　☆

「ステータスオープン」

声を発すると同時にステータスボードが目の前に表示される。

【レベル消費】によって一時レベルは１にまで下がってしまったが、不幸中の幸いか、スキルはすべて覚えたままだ。

レベル上げは容易に出来る。

**************************

名前：佐倉真琴
レベル：591
HP：11／2710　MP：0／2439
ちから：2697
みのまもり：2514
すばやさ：2467
スキル：経験値1000倍
：レベルフリー
：必要経験値1／1875

：魔法耐性（強）
：魔法効果10倍
：状態異常自然回復
：火炎魔法ランク10
：氷結魔法ランク10
：電撃魔法ランク10
：飛翔魔法ランク10
：転移魔法ランク10
：識別魔法ランク10
：レベル消費

＊＊＊＊＊＊＊＊＊＊＊＊＊＊＊＊＊＊＊＊＊＊＊＊＊＊

『ねぇマスター。空を飛んでいった方が早いんじゃない？』

最寄りの駅に向かう道中、俺の頭上を飛びながらキューンが訊いてくる。

「そうしたいとこなんだけど、俺の今のＭＰは０なんだよ」

ＭＰが０では飛翔魔法も使えない。

『あれ？　マスター、薬草と魔草なら沢山持ってるんじゃなかったっけ？』

「あーそっか、そう言われればそうだったな」

キューンに言われて思い出したが、ヒーリングシードの大木から摘み取った大量の薬草と魔草を不思議なバッグの中にストックしてあるんだった。

俺は不思議なバッグの中から薬草と魔草をがしっと掴み出すと、複数枚口に含んだ。

もぐもぐもぐ……。

苦いので鼻をつまんで一気に飲み込む。

「まずっ……でもこれである程度はＨＰもＭＰも回復したな」

俺はステータスボードを閉じると「スキル、飛翔魔法ランク10っ」と唱え、飛翔魔法を発動させた。

その途端、体が宙に浮き上がり、一瞬で空高く舞い上がる。

遅れてキューンも飛び上がってきた。

「俺の速さについてこられるか？　キューン」

『大丈夫、任せてよっ』

「よしっ。じゃあ仄暗い蔵のダンジョンへひとっ飛びだ」

『おーっ』

こうして俺たちは岩手県盛岡市にあるというランクJのダンジョンへと空を飛んで向かうのだった。

☆　☆　☆

わずか数分で仄暗い蔵のダンジョンの上空までやってきた俺とキューン。

下を見ると県庁のすぐ隣ということもあって人通りはかなりある。

実を言うと、ここにきて俺の意識は徐々に変わりつつあった。

悪目立ちをしたくないという思いに変わりはないが、ダンジョン生活で金を稼ぐ以上ある程度有名になることは避けられないという思いもまた同時に芽生えていた。

なので、俺は人目を気にすることなく地面に下り立つと、何食わぬ顔で仄暗い蔵のダンジョンの中へと足を踏み入れる。

もちろんキューンも俺にぴったりくっつくようにしてダンジョンに入ったのだった。

◇　◇　◇

ランクJの仄暗い蔵のダンジョンの地下一階。

文字通り、仄かに暗いダンジョンの中を俺とキューーンは進んでいく。

『マスター、今回はレベル上げが目的なんだよね？』

「ああ」

『だったらおいらは手出ししないほうがいいよね』

「そうだな。そうしてくれると助かるよ」

俺の肩の上あたりを浮かんで飛んでいるキューーンが話しかけてきた。

キューーンの言う通り、今回のダンジョン探索はレベル上げが目的だった。

すでにクリア済みのダンジョンということもあり、アイテムにもフロアボスにも期待できないが、現在レベル５９１の俺にとって、この仄暗い蔵のダンジョンは安全にレベル上げできる狩り場だろう。

「そういえばキューーンにはレベルはあるのか？」

気になったので訊いてみると、

『ないよ。おいらは生まれた時から最強だからね』

キューーンは自信満々に答える。

すると通路の前方に小さい人型の魔物が姿を見せた。

「スキル、識別魔法ランク10っ」

唱えたところ、

＊＊＊＊＊＊＊＊＊＊＊＊＊＊＊＊＊＊＊＊＊＊＊＊

ノーム——土の精霊。普段はおとなしいが縄張りに入った者には容赦しない。弱点は真空魔法。

＊＊＊＊＊＊＊＊＊＊＊＊＊＊＊＊＊＊＊＊＊＊＊＊

と文字が浮かび上がる。

「ノームか……なんか聞いたことある気がするな」

アニメかゲームかわからないが聞き覚えがあった。

『ムオオ～ッ』

とその時、ノームが声にならない声を発した。

その直後、ダンジョンの地面が震え、俺の足元が隆起して盛り上がる。

「おわっと！」

俺は異変を察知し、すぐに飛《と》び退《の》いた。

危うく盛り上がった地面と天井に挟まれるところだった。

「このっ」

俺はノームに向かって駆け出すとそいつを蹴り飛ばす。

『ムオオー……！』と後ろにごろごろ転がるノーム。

俺は地面を転がるノームを踏みつけ追撃した。

『ムオオ～……！』

うめき声とともにノームが消滅していく。

《佐倉真琴のレベルが584上がりました》

『やったね、マスターっ』

「こんなの軽い軽い」

『あっ、マスター。後ろからも魔物が来てるよっ』

「おうっ」

キューンに言われて後ろを振り向くと、そこには手足がバラバラに動く人型の魔物がいた。

「スキル、識別魔法ランク10っ」

＊＊＊＊＊＊＊＊＊＊＊＊＊＊＊＊＊＊＊＊＊＊＊＊＊＊＊

ダークパペット――生命を吹き込まれた人形タイプの魔物。痛みや恐怖を一切感じない。からくりの舞いによって相手のＭＰを減らす。弱点はない。

＊＊＊＊＊＊＊＊＊＊＊＊＊＊＊＊＊＊＊＊＊＊＊

「ＭＰを減らすだって？　それはちょっと厄介だな」

するとカタカタと音を鳴らし、ダークパペットが奇妙な舞いを踊り出す。

『マスター、早く倒さないとＭＰが減らされちゃうよっ』

「ああ、わかってる」

俺は地面を蹴ると素早く移動し、ダークパペットを思いきり殴りつけた。

ダークパペットの頭部が粉々になる。

だが、それでもなおダークパペットはその動きを止めない。

『マスターっ。人形タイプの魔物には核があるはずだからそれを破壊しないと倒せないよっ』

とキューン。

「核っ？　核ってどこにあるんだっ？」

『普通は心臓部分にあると思うけど』

「わかったっ」

よくわからないがとりあえず、いまだ踊っているダークパペットの心臓部分を俺はパンチで打ち抜いた。

ダークパペットの胸部を粉砕。

と同時にダークパペットの動きが止まって、地面にカタカタっと崩れ落ちた。

消滅していくダークパペットをよそに、

《佐倉真琴のレベルが４２７上がりました》

俺のレベルはまたもや上がったのだった。

# 第二十二章　生成魔法

「おりゃぁっ」

ダークパペットの胸部を粉々に叩《たた》き割《わ》る。

《佐倉真琴《さくらまこと》のレベルが419上がりました》

さらに後ろから迫っていた上級ノームを蹴り飛ばし絶命させた。

《佐倉真琴のレベルが511上がりました》

「ふぅ。面白いようにレベルが上がるな」

『マスター、かっこいいっ』

ここは仄暗《ほのぐら》い蔵のダンジョンの地下一階。

キューンとともに、俺は下がってしまっていたレベルを上げるためにこのダンジョンに潜っていた。

すでに誰かによってクリアされているダンジョンなので、アイテムをみつけることは期待できそうにない。

そのため魔物だけを探してフロア内を練り歩く。

◇◇◇

俺たちはしばらく進むと広い空間に出た。
とそこには大きな目玉のような魔物が待ち構えていた。

「スキル、識別魔法ランク10っ」

俺が識別魔法を発動させると目の前に魔物の情報が映し出される。

＊＊＊＊＊＊＊＊＊＊＊＊＊＊＊＊＊＊＊＊＊＊＊＊＊＊＊＊＊＊

フラッシュアイ――目玉に沢山の触角がついた魔物。大きな目玉はフェイクで実はその触角一つ一つの先についている球体こそが本当の目である。まばゆい光を放ち相手の目をくらませることができる。弱点は聖光魔法。

＊＊＊＊＊＊＊＊＊＊＊＊＊＊＊＊＊＊＊＊＊＊＊＊＊＊＊＊＊＊

「目をくらませるのか……それはくらわない方がいいな」

俺は手を顔の前に差し出して慎重にフラッシュアイに近付いていく。

だが、

『キシャーッ！』

突如、フラッシュアイが奇声を上げると大きな目玉部分を発光させた。

「うわっ⁉」

『まぶしいっ！』

まばゆい光が空間内を包み込んでいく。

「くっ……」

俺の視界は完全に奪われてしまった。

『マスター、大丈夫っ？』

キューンの声が頭上から聞こえてくる。

「あ、ああ、なんとかな」

そうは言うものの、まだ目の前が白くぼやけていて何も見えない。

とそこへ、

『キシャーッ！』

フラッシュアイの鳴き声と同時に、頬を触角のようなものにビンタされる感覚があった。

「そこかっ！」

鳴き声の位置を頼りに俺はパンチを繰り出す。

ボシュッ。

『キシャーッ……！』

何やら手応えを感じた。

すると視界がだんだんと澄んできて、目の前には俺の腕が貫通した状態のフラッシュアイの姿があった。

鳴き声を上げながら消滅していくフラッシュアイ。

《佐倉真琴のレベルが４９９上がりました》

無機質な機械音声が俺の頭の中に響き渡った。

『あっ、見てよマスター。フラッシュアイがアイテムを落としていったよっ』

キューンが地面を指して言う。

「おお、ほんとだっ」

さっきまでフラッシュアイがいた場所には小さな球体が落ちていた。

俺はそれを拾い上げる。

「うげっ、なんだこれ⁉　気持ち悪っ」

よく見るとそれは、目玉で出来た悪趣味なキーホルダーのようなアイテムだった。

「呪われてないだろうな、これ」

『識別魔法で見てみればっ』

「ああ。スキル、識別魔法ランク10っ」

と唱える。

******************************

フラッシュアイの目玉――生成魔法で武器や防具を作る際の素材として用いられる。

******************************

「また生成魔法の素材か……使い道はなさそうだな」

俺はとりあえずその不気味なアイテムを不思議なバッグの中にしまうと、次の魔物を探すため歩き出した。

◇◇◇

仄暗い蔵のダンジョン地下二階にて、魔草をむしゃむしゃと食べながら歩いていると、ダークパペットの大群が押し寄せてきた。

一瞬驚いたが、すでにレベルが5000を超えている俺の敵ではない。

俺は落ち着いてダークパペットを一体一体破壊していく。

するとダークパペットたちは何を思ったのか、攻撃の手を止めて一斉に奇妙な舞いを踊り始めた。

『マスター。早く倒さないとＭＰが０になっちゃうよっ』

「あ、ああ。そうだったなっ」

ダークパペットのからくりの舞いという技は相手のＭＰを減らす効果があるらしいので、俺は急いでダークパペットたちを倒すべく魔法を発動させる。

「スキル、氷結魔法ランク10っ」

【魔法効果10倍】のスキルと相まって、俺の目の前に何列にもなってずらっと居並んでいたダークパペットの大群が、瞬時に凍りついた。

ダークパペットたちは、みな一様に踊りの途中で氷漬けになって固まっている。

俺はそんなダークパペットたちを殴り蹴り、粉砕していった。

そして数十体のダークパペットたちを倒し終えた時、俺のレベルは１００００まであと少しというところまで迫っていた。

◇◇◇

「ステータスオープン」

俺はステータスボードを開いてスキルを確認してみた。

***************************

名前：佐倉真琴
レベル：9829
HP：67／76879　MP：131／52386
ちから：65888
みのまもり：57291
すばやさ：50001
スキル：経験値1000倍
：レベルフリー
：必要経験値1／2250

・魔法耐性（強）
・魔法効果10倍
・状態異常自然回復
・火炎魔法ランク10
・氷結魔法ランク10
・電撃魔法ランク10
・飛翔《ひしょう》魔法ランク10
・転移魔法ランク10
・識別魔法ランク10
・生成魔法ランク3

## ：レベル消費

＊＊＊＊＊＊＊＊＊＊＊＊＊＊＊＊＊＊＊＊＊＊＊＊＊＊＊＊＊

「おっ、キューン。俺いつの間にか生成魔法っていうの覚えてるぞっ」

『やったじゃんマスターっ。早速使ってみようよっ』

キューンがわくわくを隠し切れない様子で俺を急《せ》かしてくる。

俺の生成魔法はランク３だから消費ＭＰはおそらく30。

ものは試しだ、使ってみるか。

そう思い、俺は不思議なバッグの中からさっき手に入れた生成魔法の素材となるアイテムを取り出した。

それはフラッシュアイの目玉という気味の悪い見た目のアイテムだった。

「これを持ったまま生成魔法を使えばいいのかな……？」

『マスター、やってやってっ』

「わかったから待ってろ」

キューンを落ち着かせると、

「スキル、生成魔法ランク３っ」

俺は魔法を唱えてみた。

するとその瞬間――

ぱあぁぁっとフラッシュアイの目玉が光を放ち、輝き出した。

その光は俺の手の上で形を変えていく。

そして光が消えたと思ったら、俺の手の上にはいくつもの目玉がついたグロテスクな短剣が置かれていた。

「おおっ。キューン見てみろ、なんか出来上がったぞ」

『ほんとだっ。さっきのアイテムがこの剣に変わったってこと？』

「生成魔法だから多分そうだろうな」

『すっごーい。生成魔法って面白いねっ』

「ああ、そうだな」

俺は不気味な短剣を手にしながらも、キューンが楽しそうにしているのを見て、笑顔でそう返すのだった。

◇◇◇

「スキル、識別魔法ランク10っ」

俺は生成魔法で作り出したアイテムに識別魔法をかけてみた。

****************************

ブラインドダガー――斬りつけた相手の視覚を必ず奪う武器。この武器が破壊されない限りその効果は永遠に続く。

＊＊＊＊＊＊＊＊＊＊＊＊＊＊＊＊＊＊＊＊＊＊＊＊

「おおっ。なかなか強力そうな効果を持った武器だな、これは」

レベルがだいぶ上がった俺にはあまり必要のない武器だが、欲しがるプレイヤーはいるかもしれない。

ダンジョンセンターで高く買い取ってもらえるかもな。

『ねぇマスター。マスターの生成魔法のランクは3でしょ。ってことはさぁ、もしも10だったら違うアイテムが出来上がってたのかなぁ？』

とキューン。

「かもしれないな」

『へー。やっぱり生成魔法って面白いやっ』

言いながらキューンは宙がえりをする。

「じゃあこいつはしまっておくとして……」

俺は不思議なバッグの中にブラインドダガーを入れた。

そして、

「なあキューン、突然だけどちょっと仮眠をとってもいいか？　俺のＭＰが残り１になっちゃったからさ、寝て回復したいんだ」

キューンに申し出る。

俺のＨＰもＭＰもレベルが低い頃の数値で止まっている。

ある程度は薬草と魔草で回復したが、やはりその回復量では俺の今の最大ＨＰ、ＭＰには遠く及ばない。

するとキューンは、

『いいよ。マスターが眠っている間はおいらがちゃんと見張っててやるからさっ』

嫌な顔一つせず、それどころか嬉々《きき》として見張りを買って出てくれた。

「そうか。悪いな」

俺はキューンにそう告げると、不思議なバッグの中から寝袋を引っ張り出す。

「魔物が出たら起こしてくれてもいいからな」

『大丈夫だよっ。魔物くらいおいらがやっつけとくからさっ』

「ふふっ、それは心強いな。じゃあ頼んだぞ」

『任せといてっ』

そうして俺は、スマホのアラームをセットすると、寝袋に体を滑り込ませゆっくりと目を閉じた。

☆　☆　☆

ピピピピ。ピピピピ。ピピピピ。ピッ。

三時間が経過して、俺は目を覚ますとスマホのアラームを解除した。

『マスター、よく寝てたみたいだね』

キューンが宙を飛びながら俺の顔を覗《のぞ》き込《こ》んでくる。

「……ああ、そうみたいだな」

特に疲れているという意識はなかったが、俺は三時間しっかりと熟睡していたようだった。

「俺が寝てる間、魔物は襲ってこなかったか？」

『襲ってきたけどおいらが返り討ちにしてやったよっ』

魔物と争った形跡もないので本当かどうか定かではないが、キューンはドヤ顔で言い放つ。

「本当か、すごいじゃないかキューン」

『マスター。言ったでしょ、おいらは最強のホワイトドラゴンだって』

スライムよりも小さなナリで最強も何もあったもんじゃないとは思うが、キューンが自信満々なので水を差すこともないだろう。

俺は「ああ、そうだったな」と相槌《あいづち》を打っておいた。

◇◇◇

仄暗い蔵のダンジョンの地下五階。

＊＊＊＊＊＊＊＊＊＊＊＊＊＊＊＊＊＊＊＊＊

じんめんワニ――背中に人の顔そっくりの模様があるワニの魔物。あごの力がかなり強く、鉄さえも砕き割る。弱点は電撃魔法。

＊＊＊＊＊＊＊＊＊＊＊＊＊＊＊＊＊＊＊＊＊

＊＊＊＊＊＊＊＊＊＊＊＊＊＊＊＊＊＊＊＊＊

ひとくいヤドクガエル――ピンク色の斑点を持ったカエルの魔物。体表面には毒があり、触れて動けなくなった者を丸飲みにする。弱点は電撃魔法。

＊＊＊＊＊＊＊＊＊＊＊＊＊＊＊＊＊＊＊＊＊

体長二メートルほどのじんめんワニと、体長一メートルほどのひとくいヤドクガエルが同時に襲い掛かってきた。

「スキル、電撃魔法ランク10っ」

俺は右手から魔物たちの弱点である電撃魔法を放つ。

刹那、雷鳴が鳴り響き、じんめんワニとひとくいヤドクガエルを超電撃が貫通した。

一瞬で焼け焦げた二体は、煙を上げながらぷすぷすと音を立て地面に倒れ込むと消滅していく。

《佐倉真琴のレベルが312上がりました》

「ふぅ」

『この辺りの魔物も余裕だねっ』

「そうだな。でもちょっとレベルの上がり方がゆっくりになってきた気がするなぁ」

俺のレベルが10000を超えた辺りからレベルが上がりにくくなっているようだった。

このダンジョンはランクJのダンジョンなので仕方がないのかもしれないが。

『もっと高ランクのダンジョンに行く？　マスター』

「そうするか」

現在の俺のレベルは11521。

もうどのダンジョンに行ってもおそらく問題ないだろう。

だったらやはり未踏破ダンジョンに挑戦した方が金になる。

『じゃあランクAのダンジョンに行っちゃおうよっ』

「いやいや、それは前にも言ったけど時期尚早だと思うんだよな。何もいきなり最高ランクのダンジョンに行かなくてもランクF以上の未踏破ダンジョンはまだあるし、段々とランクを上げていけばいいんじゃないか」

『マスターは慎重だね』

「そのおかげで今も生き残れているんだぞ」

金と命を比べたらもちろん命の方が大事だからな。慎重であるに越したことはない。

「ってことで一旦ここを出て、一番近いランクFの未踏破ダンジョンを探すとするか」

『うんっ。そうしよう』

すると、

『ギャアアァァー！』

一体のじんめんワニが地面をはって猛スピードで向かってきた。

「うるさいっ」

『ギャアアァァー……ッ！』

俺はじんめんワニを壁に蹴り飛ばす。

壁にぶち当たったじんめんワニが地面に落下するとともに消滅していった。

《佐倉真琴のレベルが122上がりました》

「よし、戻るとするか」

『あっ、マスター。どうせならさっき覚えた帰還魔法っていうの使ってみたら？』

「あー、そうだな。試しに使ってみるか」

俺は先ほどレベル10000を超えた時に、帰還魔法ランク1という魔法を覚えていたのだった。

帰還魔法というのだから当然地上に帰還できる魔法なのだろうが、ランク1というものがどの程度の効果範囲なのかはわからない。

もしかしたらあまり深いところからは帰還できないとか、仲間を連れては帰還できないといった制限があるかもしれない。

そのためランクJのダンジョンの地下五階辺りで試しに使っておくのは悪くない考えだ。

「キューン。一応俺の肩に乗っててくれ」

俺はキューンを肩に乗せると、「スキル、帰還魔法ランク1っ」と唱えた。

すると直後、俺の周囲、半径十メートルくらいに赤い円が広がったと思ったら、次の瞬間——俺とキューンは地上へと戻っていた。

◇◇◇

「あっさりと地上に戻ってこられたな」

『帰還魔法って便利だねっ』

俺とキューンは仄暗い蔵のダンジョンの地下五階から帰還魔法を使って、今まさにダンジョンを抜け出してきたところだった。

「さっきの赤い円が効果範囲だとすると、半径十メートルくらいにいる仲間をみんな連れて脱出できるってことかもな」

『ランク1なのにすごいねっ』

「多分だけど俺のスキル【魔法効果10倍】のおかげだと思うぞ」

『そっか～』

帰還魔法は確かにキューンの言う通り、かなり便利な魔法のようだった。

俺の勘が正しければ、ランク1の帰還魔法で地下一階から半径一メートル以内の仲間全員を帰還させられるといった感じではないだろうか。

つまりランク10なら地下十階から半径十メートル以内にいる仲間を帰還させることが出来るということだ。

俺には【魔法効果10倍】のスキルがあるので、その考えでいくと地下百階からでも帰還できるという計算になる……まあ、合っているかどうかは試してみないとわからないが。

とにかく帰還魔法のランクは早めに上げておきたいところだな。

『そういえば生成魔法で作った武器はどうするの？　ダンジョンセンターに売りに行く？』

「ブラインドダガーか……まあ、あとでいいだろ」

俺が生成魔法で作り出した武器、ブラインドダガー。

新しく手に入れたアイテムはこれだけなので、わざわざダンジョンセンターに売りに行くのは面倒だ。

『そっか。じゃあ次、どのダンジョンに行くか決めよう、マスター』

「ああ、ちょっと待っててな……」

言うと俺はスマホを取り出してダンジョンを検索する。

条件はランクFでまだクリアされていない近場のダンジョンだ。

スマホを操作して、

「……うーん。ここから一番近いところだと北海道かなぁ。キューン、それでいいか？」

キューンに訊《たず》ねた。

『おいらはマスターが決めたところならどこでもいいよっ』

「そうか。だったらここにしよう。次の行き先は北海道の稚内《わっかない》にある［深い魔のダンジョン］だっ」

こうして俺とキューンは北海道行きを決めた。

☆　☆　☆

『ねぇマスター。マスターはなんでダンジョンに潜ってるの？』

飛翔魔法で上空を高速で飛行していると横を飛ぶキューンが訊《き》いてくる。

「え、なんでってどういうことだ？」

『だってマスターはもう一億円くらい稼いだんでしょ。だったら無理にダンジョンに潜らなくてもいいんじゃないの？』

「ん？　俺は別に無理してダンジョンに潜ってるわけじゃないぞ。ダンジョンでの生活が気に入ってるんだ」

『そうだったの？　おいらはてっきりお金のためにダンジョンに潜っているんだと思ってたよ』

「まあ、それもなくはないけどな」

生活するうえで金を稼ぐことは重要だ。

それをダンジョン探索で出来るのなら俺にとっては一石二鳥というものだ。

「キューンはダンジョン生活は嫌か？」

『全然そんなことないよっ。おいらはもともとダンジョンで生まれたんだからねっ』

「そうか。それならいいんだ」

『それにマスターと一緒ならおいらはどこだって楽しいよっ』

「ふふっ、ありがとうなキューン」

キューンの言葉に俺は心が温まるのを感じていた。

「……なあ、キューン。前に人前では静かにしててくれって言ったけどあれやっぱり忘れてくれ」

『え、なんで？　おいらが喋《しゃべ》ったらまずいんじゃないの？』

「そう思ってたんだけどな、そんなことはもうどうでもいいよ」

キューンは俺のことをとても想《おも》ってくれているのに、キューンには人前で喋るなとか言っていたことに罪悪感を覚えた俺はそう口にしていた。

『じゃあおいら、いつでも気兼ねなくマスターと話が出来るの？』

「ああ、そういうことだ」

『やったー。ありがとう、マスターっ』

キューンは俺の顔にすり寄ってくる。

「ははっ、くすぐったいぞ、キューン」

『マスター、大好き～っ』

◇◇◇

じゃれ合いながら飛行を続けていると徐々に肌寒くなってきた。

「うぅ～……なんか寒いな、キューーン」

『そう？　おいらは全然平気だけど』

ホワイトドラゴンの体質なのか、キューンは寒さなどどこ吹く風といった感じだ。

だが俺は普通の人間だから当然寒さを感じる。

【魔法耐性（強）】でどうなるものでもない。

「悪い、ちょっと一旦下りていいか？」

『うん、いいよっ』

俺は上空の寒気に耐え切れず地上へと下り立つ。

地図を確認するとそこは旭川《あさひかわ》辺りだった。

飛んでいけば稚内はすぐそこだが……。

「キューン、ここからは列車で行こうか」

『列車か、いいねっ。おいら列車好きだから楽しみだよ』

「そっか。それならよかった」

厚手のジャンパーでも買えば済む話なのだろうが、ダンジョン内では必要なくなるだろうし、家にあるものをわざわざ買うような無駄なことはしたくない。

ということで、俺とキューンは新旭川駅から鈍行列車に乗り、一路稚内を目指すことにしたのだった。

☆　☆　☆

稚内駅に着いた俺とキューンは、そこから少し歩いて、スマホで位置を確認していたランクFの未踏破ダンジョン、通称深い魔のダンジョンへと向かっていた。

その道中、スマホの着信音が鳴る。

ピリリリリ……。ピリリリリ……。ピリリリリ……。

スマホの画面をスワイプして、

「はい、もしもし」

電話に出る。

『おい、佐倉。お前ＳＳＴに入らないって本当かっ？』

電話の相手は海道《かいどう》だった。

「なんだよいきなり……ＳＳＴ？　悪い、ＳＳＴってなんだったっけ？」

『はぁ？　スペシャルスキルチーム略してＳＳＴだろうがっ』

「あー、長澤《ながさわ》が言っていたやつか。警察と一緒にスキルを悪用する犯罪者を捕まえるってやつだな」

『わかってるじゃねぇか。それで佐倉はそいつに参加しないって聞いたぞっ』

……また面倒くさい奴《やつ》から電話がかかってきたもんだ。

『佐倉お前、まだ金稼ぐつもりかっ。世の中のために働こうって気はねぇのかよ』

「うーん、そうだなぁ……」

『おれたちはＳＳＴに参加するぜっ。お前も参加しろよっ』

おれたちというのは神代《かみしろ》や長澤、水川《みずかわ》たちのことだな。

『佐倉、お前もう一億も稼いだんだろっ』

「ていうか俺、単純にダンジョンが好きなんだよ」

『なんだそりゃ？　いいからお前もＳＳＴに入れよ、犯罪者を逮捕できるんだぜっ。なっ、楽しそうだろっ』

よほど俺をＳＳＴとやらに引き入れたいのか、海道は強く迫ってくる。

「あ～そうだなぁ、気が向いたらな」

『気が向いたらってお前――』

「俺これからダンジョン入るからまたあとでなっ」

しつこそうだったので、話の途中で俺は電話を切ってしまった。

『マスター、今の声の大きい人誰？』

キューンが首をかしげて訊いてくる。

「あー、聞こえてたか。海道っていって、何かと電話してきて俺をイベントごとに誘ってくる奴なんだよ」

『へー。じゃあその海道って人もおいらと同じでマスターのことが好きなんだねっ』

「いや……それはないと思うぞ」

海道が俺を好きだって……いや、ないない。

『電話切っちゃってもよかったの？』

「いいんだよ。あいつ自分勝手だから、少しくらい相手の気持ちになってみるのも悪くないさ」

『ふ〜ん。あっ、マスター。あれじゃないっ？　探してたダンジョン』

キューンが小さな手で前方を指差した。

キューンの指差す方を見るとたしかにダンジョンの出入り口があった。

「おおっ、あれだあれだっ」

だだっ広い荒野にダンジョンの出入り口が待ち構えていたので、俺たちは急ぎ足でそこへと向かう。

◇◇◇

スマホで確認して、

「ああ、間違いない。ここが深い魔のダンジョンだ」

キューンに伝える。

「ここでレベルを上げながらダンジョンクリアを目指すぞ」

『うん、わかった。じゃあマスター、早速行こうよっ』

「ああ」

ピリリリリ……。ピリリリリ……。ピリリリリ……。

『あれ？　マスター、電話鳴ってるよ』

「いいさ。どうせ海道だから」

ダンジョンに入れば電波が届かなくなるから静かになるだろう。

俺は未《ま》だ、鳴り続けている着信音を無視すると、キューンとともに深い魔のダンジョンに足を踏み入れるのだった。

☆　☆　☆

ランクFの未踏破ダンジョン、通称深い魔のダンジョンに入ってそうそうに、俺とキューンは魔《ま》導騎士《どうきし》という魔物に出くわす。

*****************************

魔導騎士——魔力を動力源とした機械仕掛けの魔物。剣技と魔法どちらも使いこなす。弱点は電撃魔法。

*****************************

右手に剣を、左手に杖《つえ》を持った魔導騎士が、剣を振り上げ無言で俺に襲いかかってきた。

だが俺は、軽々と剣を左手で受け止めて、右拳を魔導騎士の腹にめり込ませる。

ズボッと魔導騎士の腹を俺の腕が貫通して火花が散った。

俺は腕を引き抜くと後ろに飛《と》び退《の》く。

その直後、魔導騎士が盛大に爆発した。

《佐倉真琴のレベルが410上がりました》

魔導騎士を倒したことで俺のレベルが一気に上がる。

『やったね、マスター』

「ああ。だいぶレベルが戻ってきて、体も軽くなってきたぞ」

俺の頭の上あたりを浮遊しているキューンを見上げ、俺は笑顔で返した。

◇◇◇

＊＊＊＊＊＊＊＊＊＊＊＊＊＊＊＊＊＊＊＊＊＊＊＊＊

鬼面道士《きめんどうし》――力はほとんどないが手に持った杖を光らせ、相手をフロア内の別の場所にワープさせることができる。

＊＊＊＊＊＊＊＊＊＊＊＊＊＊＊＊＊＊＊＊＊＊＊＊＊

＊＊＊＊＊＊＊＊＊＊＊＊＊＊＊＊＊＊＊＊＊＊＊＊＊＊

ヘルポックル――木の精霊が凶悪化した魔物。氷結魔法を使いこなす。弱点は火炎魔法。

＊＊＊＊＊＊＊＊＊＊＊＊＊＊＊＊＊＊＊＊＊＊＊＊＊＊

ダンジョンの地下一階を進んでいると地下二階へと下りる階段をみつけた。

だがそこへ、鬼面道士とヘルポックルが通路の前方から現れた。

『グェッグェッグェッ……』

『フィィィー』

俺たちの姿を見て、鬼面道士は杖を振り上げ、ヘルポックルは持っていた木の枝を振りかざす。

「やばっ！　スキル、火炎魔法ランク10っ」

俺はすかさず火炎魔法を放った。

特大の炎の玉が鬼面道士とヘルポックルに向かってゴオオオオーッと突き進んでいく。

そして二体を飲み込むとあっという間に焼失させた。

《佐倉真琴のレベルが531上がりました》

レベルアップを告げる機械音声を聞きながら、

「あぶねー。もう少しでバラバラにされるところだったな、キューン」

キューンに顔を向ける。と、

「あ、あれ？　キューンっ？」

キューンはどこにもいなかった。

「嘘《うそ》、マジ？　飛ばされちゃったのか？」

どうやらさっきの鬼面道士のワープ攻撃が発動していたようで、キューンはフロア内のどこかに飛ばされてしまっていたのだった。

「すぐそこに階段があるってのに……」

俺は目の前の階段は一旦置いておいて、キューンを捜すためその部屋をあとにした。

◇◇◇

「おーい、キューン！　どこだー！」

ダンジョン内に俺の声が響く。

だがキューンの返事はない。

代わりに俺の声を聞きつけてか、鬼面道士がのそのそとやってきた。

『グエッグエッグ——』

「お前に構ってる暇はないっ」

俺は腕を振り払うと鬼面道士の顔の上半分を弾《はじ》き飛《と》ばす。

《佐倉真琴のレベルが213上がりました》

「おーい、キューン！」

声を上げながらフロア内を移動する。

とそこへ、

「あっ、誰かの声がするぞっ」

「助かった～っ」

キューンではない別の男女の声が聞こえてきた。

「おーい、誰かいるんだろー！」

「お願い、助けて～っ」

その男女の声はこちらに近付いてくる。

なんだろうと思いながらも俺は声のする方へと進んでみた。

すると通路の曲がり角で、

「おわっ⁉」

「きゃっ！」

俺は男女の二人組と遭遇した。

「……ってまだ子どもじゃないか。なんだよ、助かったと思ったのにっ」

俺の顔を見て、四十歳前後の男性が開口一番残念そうに口にする。

そこへ、

「え、でもちょっと待って！　この子って佐倉真琴くんじゃないっ？」

一緒にいた三十代前半くらいの女性が思い出したように口を開いた。

「誰だって？」

「佐倉真琴くんよっ。獲得賞金ランキング1位のっ」

「えっ、本当かっ。じゃあおれたち助かったんだなっ」

「そうよっ。あたしたち助かったのよっ」

俺を無視してひしっと抱き合う男性と女性。

「あの、どうかしたんですか？」

状況がよくわからないので訊ねてみると、女性の方が振り返る。

「あっ、ごめんね。あたしは小比類巻洋子《こひるいまきようこ》、でこっちが旦那の小比類巻久志《ひさし》ね。あたしたち迷子になっちゃってたのよ。だからきみに出会えて本当に嬉《うれ》しいのっ」

「きみ、佐倉真琴くんなんだろっ？　獲得賞金ランキング1位のっ」

「え、ええまあ」

俺のことを知っているのはいいとして、ここはダンジョンの地下一階だぞ。

そんなとこで迷子？

俺が眉をひそめていたからか、洋子さんが話を続けた。

「あたしたち最近プレイヤーになったんだけど、まだクリアされていないダンジョンはランクF以上だって聞いたから、試しにこのダンジョンに挑戦してみたのね。そしたら杖を持った不気味な魔物に何度も飛ばされて……」

「おれたちなんとか再会してその杖を持った魔物から逃げ回ってたんだ」

「はあ、そうだったんですか」

たしかに鬼面道士は厄介な相手だが、強さ自体は大したことないはずなんだけど。


「あの、すいません。二人のレベルっていくつくらいなんですか？」

「あたしは31で旦那は37よ」

「えっ、レベル30台なんですかっ？」

「そうなの。やっぱりランクFのダンジョンに挑戦するのは早かったみたい。魔物から逃げるのが精一杯だもの」

「それはそうでしょうね」

ランクFのダンジョンはレベル99でもスキルに恵まれていなかったりソロだとそれなりに苦戦するだろうから、レベル30台ではクリアどころか魔物一体倒すことも厳しいと思われた。

「せっかく出入り口をみつけたと思ったら魔物が待ち構えてたり、あちこち飛ばされたりしておれたちほとほと困ってたんだ」

「そこにきみが来てくれたっていうわけよっ。ほんと助かったわ」

洋子さんは俺の手を握って言う。

俺はまだ助けるとは一言も言っていないのだが……まあ、見捨てるわけにもいかないか。

「じゃあ一緒に出入り口まで行きますか？」

「ああ、頼むよっ」

「ありがとう、佐倉くんっ」

◇◇◇

キューンを捜していたため、あえて帰還魔法は使わず徒歩を選ぶ。

三人で出入り口に向かいながら、

「あの、つかぬ事をお聞きしますけど、小さくて宙を飛んでる魔物見かけませんでしたか？」

キューンのことを訊ねてみた。

だが、

「宙を飛んでる魔物？　さあ、あたしは見てないけど……あなたは見た？」

「いや、おれも見てないよ」

二人はそろってキューンのことは見ていないと言う。

「そうですか……」

「何、その魔物がどうかしたの？」

「いや、別になんでもないです。気にしないでください」

キューンは自分のことを最強と言っていたくらいだから、ランクFダンジョンの地下一階くらいはどうってことないだろう。

希望的観測も多分に含んでいるが、俺はもうしばらくキューンには単体で頑張ってもらうことにして、洋子さんと久志さんを連れて出口へと進んでいく。

とそこにヘルポックルが現れた。

『フィィー』

声を上げながら木の枝を振りかざすヘルポックル。

直後、洋子さんと久志さんの足が氷で固まってしまった。

「きゃあっ！」

「なんだこれっ⁉　動けないっ」

だが、【魔法耐性（強）】のスキルのおかげで、俺にはヘルポックルの氷結魔法は効かなかった。

「はぁっ！」

『フィィー……⁉』

俺は瞬時に距離を詰めると、ヘルポックルの顔面を摑《つか》み、そのまま地面にダンッと叩きつけた。

地面に埋もれたヘルポックルが消滅していく。

《佐倉真琴のレベルが319上がりました》

「ごめん佐倉くん、助けてくれるっ？」

振り返ると洋子さんが申し訳なさそうに自分の足元を指差していた。

「えーっと、ちょっと待ってくださいね」

くるぶし辺りまで凍りついた二人の足を見ながら俺は思案する。

火炎魔法を使えば氷は融《と》かせるだろうけど確実に二人ともあの世行きだしな。

さて、どうしたものか……。

とりあえず俺は氷に触れてみることに。

そっと手を伸ばし、洋子さんの足を覆っている氷に手を添えると、微妙な力加減で少しだけ摑んでみた。

すると、
ぱきんっ。

氷が砕け散った。

よかった、足ごと破壊しなくて……。

心の中でホッとしつつ、もう片方の足についた氷も砕く。

そして、同様に久志さんの氷もきれいに取り除いてあげた。

「佐倉くんありがとね」

「ありがとな、佐倉くん」

「いえ、大丈夫ですよこれくらい」

「いやあ、それにしてもさすが獲得賞金ランキング1位だなぁ、圧倒的な強さじゃないか。佐倉くんはレベル99なのか？」

久志さんが興味深そうに訊いてくる。

「そうに決まってるじゃない。ね？　佐倉くん」

とウインクしながら洋子さんが俺を見た。

「え、ええ、まあそうですね」

ここでも本当のことは言えず嘘をつく俺。

少しだけ芽生えた罪悪感を振り払うようにして、

「さあ、出入り口に向かいましょう」

俺は二人を促す。

「ああ、そうしよう」

「お願いね、佐倉くん」

「じゃあ、ついてきてください」

こうして俺は、洋子さんと久志さんを後ろに引き連れて、出入り口へと歩を進めるのだった。

☆　☆　☆

「スキル、電撃魔法ランク10っ」

バリバリバリィィィー！！！

俺の手から放たれた雷撃によって、出入り口の前で待ち構えるように立っていた鬼面道士が一瞬で黒焦げになった。

《佐倉真琴のレベルが２０４上がりました》

「もう大丈夫ですよ。これで安全です」

深い魔のダンジョンの出入り口へとやってきていた俺は、洋子さんと久志さんに向き直る。

すると二人は顔を見合わせてから、

「ありがとな、助かったよ。これはここまで連れてきてくれたお礼だ、受け取ってくれ」

「こんなものしかなくてごめんね。あたしたちが拾えたアイテムはこれだけなの」

と言って一枚の黒い布切れを差し出してきた。

「これ、使い道もよくわからないアイテムなんだけどごめんね」

「別にお礼なんていいですよ」

俺は五分ほど付き合っただけで大したことをしたわけではない。

せっかく拾えたというたった一つのアイテムを貰《もら》うのは気が引ける。

だが、二人の気持ちはそれでは収まらないようで、

「佐倉くんは命の恩人みたいなものなんだからとっておいてくれ、なっ」

「そうよ。ね、お願いっ」

その布切れを俺に強引に渡そうとしてくる。

「えっと、じゃあどんなアイテムかだけ確認してもいいですか。俺、識別魔法使えるんで」

それで、もしもレアアイテムだったら考えるか。

そう思い、俺は「スキル、識別魔法ランク10っ」と唱えた。

直後、アイテムの情報が目の前に表示される。

**************************

黒い反物――生成魔法で武器や防具を作る際の素材として用いられる。

**************************

「どんなアイテムだった？」

洋子さんが訊いてきた。

「生成魔法の素材です」

「生成魔法？　って何？　あたし初めて聞いたわ」

「生成魔法っていうのはですねぇ……試しに使ってみましょうか？」

「え、佐倉くん、識別魔法だけじゃなく生成魔法って魔法も使えるのか？」

驚いた様子で久志さんが俺を見る。

「ええ、まあ」

「は～、すごいんだな、佐倉くんは」

ほかにも魔法は沢山使えるが、わざわざ教える必要はないな。

俺は黒い反物を手に持ったまま生成魔法を唱える。

「スキル、生成魔法ランク10っ」

ちなみに、俺の生成魔法のランクは度重なるレベルアップによってすでに10になっていた。

俺が唱え終えた瞬間、ぱあぁぁっと黒い反物が光を放ち、輝き出した。

その光は俺の手の上で大きく形を変えていく。

そして光が消えたと思ったら、俺の手の上には黒々とした立派な鎧《よろい》が出来上がっていた。

「おーっ⁉　アイテムが鎧に変わったぞっ！」

「すっごい、これどういうことっ？」

久志さんと洋子さんが目を見開き、声を上げる。

「生成魔法っていうのは素材となるアイテムを使って武器や鎧を生み出す魔法なんです」

「なるほどな。いやあ、それにしてもすごい魔法だなー」

「ほんとね～」

二人が感嘆の声を上げる中、俺は出来上がった鎧を識別魔法で確認してみた。

＊＊＊＊＊＊＊＊＊＊＊＊＊＊＊＊＊＊＊＊＊＊＊＊＊＊＊

黒極《こくきょく》の鎧――あらゆる魔法を一切受け付けない鎧。装備中は回復魔法さえも効かなくなる。

＊＊＊＊＊＊＊＊＊＊＊＊＊＊＊＊＊＊＊＊＊＊＊＊＊＊＊

「あらゆる魔法を受け付けない鎧かぁ……」

俺には【魔法耐性（強）】があるから特に必要ないか。

プラスに作用する魔法も効かなくなったら嫌だしな。

ってことで。

「これ、よかったらどうぞ。二人にあげますよ」

「えっ、いいのかっ？」

「はい。黒極の鎧といって魔法を受け付けなくなる鎧だそうです」

「おーっ、すごいいい防具じゃないかっ」

「ちょっと、あなたっ。これはもともと佐倉くんにあげようとしてたものでしょっ」

洋子さんが久志さんをたしなめる。

「そ、そうだったな」

それを受けてバツが悪そうな顔をする久志さん。

「ごめん佐倉くん。調子に乗っちゃって……」

「いいえ、本当にいいんですよ。俺はこれ装備する気ないですから、あげますよ」

「そ、そうかい。おれはものすごく欲しいんだけど……でもな～……」

と言って洋子さんの顔を盗み見る。

洋子さんは鬼のような形相で久志さんをにらみ返していた。

パワーバランスは洋子さんの方が上なのかな……？

だったら洋子さんに渡しておくか。

「洋子さん、これ持っていってください。俺は本当にいらないんで」

「そんなの悪いわ、お礼をしなきゃいけないのはあたしたちの方なのにっ……」

「いや、俺本当にいいんで……っていうか実はちょっと急ぎの用があるんで、俺もう行きますから」

そう言って俺は、黒極の鎧を地面に置くと、半ば強引に押しつけてその場を去った。

「あっちょっと、佐倉くんっ」

「どうしてもいらなかったらそこに置いておいてくださいっ。じゃあさようならっ」

俺は返事を聞くこともなくダンジョンの奥へと戻っていく。

そしてあらためてキューーン捜しを再開するのだった。

◇◇◇

「キューン、どこだー！」

俺は再び深い魔のダンジョン地下一階をキューーンを捜して歩き出す。

すると、

『マスター！』

俺を呼ぶキューーンの声がした。

そして次の瞬間、入り組んだ通路を曲がってキューーンが姿を現した。

『あっ、マスターっ！　やっとみつけたよーっ！』

キューンは俺の顔を見るなり、ぱあっと満面の笑みを浮かべて俺の胸に飛び込んでくる。

『マスターっ。会いたかったよ、マスターっ』

「キューン、俺も会えてよかった」

キューンの頭を撫《な》でながら俺も返した。

「大丈夫だったか？　魔物に襲われなかったか？」

『おいらなら平気さっ。襲ってきたけど返り討ちにしてやったよっ』

『えっへん』と自信満々に言い放つキューン。

するとキューンが突然くんくんとにおいを嗅ぐ仕草をしてみせた。

「どうかしたか？　キューン」

『なんかマスターからマスター以外の人間のにおいがする』

「そんなことわかるのかっ？　そうなんだよ、実はさっきまでダンジョン内で迷子になってた夫婦と一緒にいたんだ。出入り口まで送り届けてやったんだよ」

『へーそうだったんだ。マスターは優しいねっ』

キューンが俺の顔を見上げながら言う。

「悪いな。そのせいでキューンを捜すのが遅れちゃって」

『いいんだよ。マスターのそういう優しいところがおいらは好きなんだからさっ』

「そうか、ありがとうなキューン」

キューンに誉《ほ》められ、照れながらも俺はそう答えた。

「じゃあダンジョン探索続けるとするか」

『そうだねっ。あと鬼面道士が出たら真っ先に倒しちゃおうねっ』

「ああ、わかった。みつけたら俺が速攻で倒すよ」

こうして俺とキューンは再びダンジョン探索を開始した。

◇◇◇

『マスター、鬼面道士がいるよっ』

「おうっ」

広い空間に出るとそこには魔物の群れがいた。

そして、その中には鬼面道士の姿もあった。

俺は、杖を振り上げる暇も与えずに鬼面道士の懐に一足飛びで入り込むと、次の瞬間には鬼面道士の腹にパンチを浴びせて壁にふっ飛ばす。

《佐倉真琴のレベルが191上がりました》

その流れで近くにいた魔導騎士を回し蹴りで破壊、さらにはヘルポックルの顔面を殴りつけ顔面ごとはじき飛ばした。

《佐倉真琴のレベルが334上がりました》

そして、

「スキル、電撃魔法ランク10っ」

残った魔物たちを電撃魔法で一斉に感電死させる。

《佐倉真琴のレベルが１８７３上がりました》

「よし、こんなもんだな」

『やったね、マスター』

「ああ」

厄介な特技を使われなければ、すでにレベル１５０００を超えている俺には敵などいない。

すべての魔物を一瞬で葬り去れる実力はある。

『あっ、マスター。ドロップアイテムがあるよっ』

そう言ってキューンが飛んでいく。

そして、地面に落ちていた緑色っぽい布とステンレス製の棒のようなものを持って戻ってきた。

『これ、なんだろうね？　マスター』

「ちょっと待ってろ」

俺はキューンからそれを受け取ると「スキル、識別魔法ランク10っ」と唱える。

するとアイテムの情報が目の前に映し出された。

**************************

透明テント――組み立てると透明になるテント。音やにおいもシャットアウトするのでダンジョン内で使えば魔物に気付かれることはない。

**************************

「透明テントだってさ」

『便利そうなアイテムだねっ』

表示された画面を覗き込みながらキューンは口にする。

「そうだな」

『ねぇマスター。おいらこれ使ってみたいな』

と楽しそうにキューン。

「そうか？　だったら試しに使ってみるか」

『やったーっ』

俺のＭＰも最大ＭＰに比べたらだいぶ少ないし、ここらで休んでおくのもいいかもしれない。

俺はキューンの願いを聞き入れ、透明テントとやらを組み立ててみることにした。

「えーっと、ここをこうかな……？」

『え～、そうじゃないんじゃないかな～』

「そっか?」

俺はキューンに見守られながら透明テントを組み立てる。

不親切なことに説明書などが一切ついていなかったので、それなりに苦労した。

「ここところを合わせるんだろ。多分」

『う～ん……どうだろ～』

あらゆる角度から見つつ、キューンが首をひねる。

首をひねりたいのは俺も同じだ。

『マスター大丈夫? これ組み立てられる?』

「ああ、もうちょっと頑張ってみるよ」

ここで諦めたらキューンに格好がつかない。

俺のことを慕ってくれているキューンのためにもなんとか完成させなければ。

『あっ、マスターっ。敵だよっ』

「おうっ」

俺は持っていたステンレス製の棒を一旦地面に置くと、魔導騎士に向かって駆け出した。

そして次の瞬間、ガシャーンと魔導騎士の腹を打ち砕く。

《佐倉真琴のレベルが173上がりました》

「よしっ。続きだ、続き」

　魔導騎士を倒した俺はまたもテントと格闘するのだった。

◇◇◇

「出来たっ。出来たぞキューン」

『ほんとだっ。マスターすごいやっ』

　俺はその後、時間をかけてテントを組み立てることに見事成功した。

　すると透明テントは文字通り、すぅーっと透明になっていく。

「おおっ、消えていくぞっ」

『すごいすごいっ。見えなくなったよっ』

　透明になったテントを見てキューンがはしゃぐ中、俺は透明テントの入り口を開けてみた。

「うん、中は透明じゃないんだな」

　透明テントの中は緑色の世界だった。

「ほらキューン、入ってみな」

『うんっ』

　俺が開けた隙間からキューンがテントの中に飛び込む。

『へー、中は結構広いんだね～』

「そうだな。二人で寝る分には充分すぎるくらいだな」

正確には一人と一匹だが。

俺は入り口を閉めると早速横になった。

「ふぅー。別に疲れていたわけじゃないけど、横になると気持ちいいな」

『おいらも寝よっと』

言ってキューンが俺のすぐ隣に横たわる。

「なんか落ち着くなぁ……」

『そうだね～……』

そうして俺たちは、目を閉じると、深い眠りへと落ちていった。

☆　☆　☆

『……マスター。マスター起きてよ、マスターってばっ』

耳元でキューンの声がする。

「……ぅん……キューン……？」

『マスターってば、そろそろ起きた方がいいんじゃないの。もう十時間くらい眠ってるよ』

「えっ……十時間もっ？」

十時間という言葉に反応して俺は目が覚めた。

上半身を起こすと、

「え、マジで十時間も寝てたの、俺？」

枕元に置いていたスマホを確認する。

「あっ本当だ。すげー寝てたな」

『まあ、おいらも今さっき起きたばかりだけどさ』

目をこすりながらキューン。

「いやぁよく寝た。透明テントのおかげか、ノンストレスで快眠できた。透明テント様様だな」

透明テントの中にいれば魔物に気付かれないというのは本当のようだ。

「じゃあそろそろダンジョン探索再開するか」

『あっマスター。その前においら、お腹《なか》が減――』

きゅるるるる〜。

空腹なのだろう、キューンの腹が鳴る。

「ふふっ、わかったよ。まずは腹ごしらえだな」

『うんっ。おいらお腹が減ってたんだ』

「食べ物なら沢山あるから心配するな。ほとんどは缶詰だけどな」

『おいら、缶詰大好きだよっ』

「そりゃよかった」

俺は不思議なバッグの中に手を突っ込むと、水とお菓子と大量の缶詰を取り出して床に並べた。

「さあ、どれでも好きなものを食べてくれ」

『迷うな〜。どれがいいかな〜っ』

目を輝かせて缶詰を見比べているキューンを見ながら、俺は十時間も寝たのにまだ眠り足りないのか、大きなあくびを一つしたのだった。

☆　☆　☆
「よし、それじゃそろそろ行くとするか」

『うんっ。沢山寝たし、お腹もいっぱいになったし、ダンジョン探索頑張ろうねっ』

睡眠と食事を済ませた俺とキューンは、ダンジョン探索を再開するため、透明テントから出るとテントを片付ける。

そしてそれを不思議なバッグの中にしまうと歩き出した。

『マスター、ＭＰ回復した？』

横を飛ぶキューンの問いに、

「十時間も寝たんだ。全回復してるはずだよ」

と答えつつ俺はステータスボードを開いてみる。

「ステータスオープン」

＊＊＊＊＊＊＊＊＊＊＊＊＊＊＊＊＊＊＊＊＊＊＊＊

名前：佐倉真琴

レベル：16782
HP：110527／110527　MP：862227／862227
ちから：100375
みのまもり：85969
すばやさ：80451
スキル：経験値1000倍
：レベルフリー
：必要経験値1／2850
：魔法耐性（強）

：魔法効果10倍
：状態異常自然回復
：火炎魔法ランク10
：氷結魔法ランク10
：電撃魔法ランク10
：飛翔魔法ランク10
：転移魔法ランク10
：識別魔法ランク10
：生成魔法ランク10
：帰還魔法ランク3

: レベル消費

*****************************

「ああ、やっぱり全回復してる。これだけMPがあればもう残りMPを気にする必要もないな。魔法は使い放題だ」

『よかったね、マスター』

【必要経験値1／2850】の効果で前以上にレベルが上がりやすくなっているし、生成魔法や帰還魔法も覚えられたので、レベル1になったのも意外と悪くなかったのかもしれない。

今思えば、神代が「それはよかったじゃないですか」と言っていたのは、レベル1からのやり直しによって、新たなスキルを手に入れられるということを知っていたからなのかもしれない……相変わらず読めない奴だ。

……ただまあ、またスライム退治から始めるのは億劫《おっくう》だからもう【レベル消費】を使うつもりはないがな。

『あれ、マスター。誰かの足音がするよ』

突然キューンが耳をぴくっとさせて言った。

「誰か？　魔物じゃなくてか？」

『うん、人間だと思う。こっちに近付いてきてるよ』

俺には何も聞こえないが、キューンには足音が聞こえているらしい。

「じゃあプレイヤーか」

『すごく大勢いる感じだよ。足音が沢山するもん』

キューンは耳を澄ましている。

まあ、俺のように高ランクダンジョンをソロで探索するプレイヤーは珍しいからな。

チームを組んで挑むのが普通だろう。

「大勢のプレイヤーと挨拶するのも面倒だから、さっさと移動しようか」

提案するが、

『でももうすぐそこまで来てるよ。あ、ほらっ』

キューンが通路を指差した。

俺がその方向を見ると、通路から俺たちのいる空間へとプレイヤーたちがぞろぞろ入ってきた。

そして俺を見るなり、

「おっ、本当に佐倉くんがいたぞっ」

「やった、ラッキーっ。まだ地下一階にいたわっ」

「佐倉さん、こんにちは〜！」

みな一様に笑みを浮かべて駆け寄ってくる。

年代も性別もバラバラな、十人くらいのプレイヤーが俺のもとへやってくると、その中の一人のおじさんが口を開いた。

「きみ、佐倉くんだよね。はじめまして、私は戸叶《とがのう》という者です」

五十代後半くらいの戸叶と名乗ったそのおじさんは、人懐っこい笑顔で握手を求めてくる。

「あ、どうも。はじめまして」

俺はその手をそっと握ると挨拶を返した。

「その魔物はもしかして佐倉くんが召喚魔法で呼び出した魔物かな？」

戸叶さんが、可愛《かわい》らしく首をかしげているキューンを見て口にする。

「あ、えっとまあ……そんなとこです」

ちょっと違うのだが、敵の魔物だとは思っていないようなのでそう答えておいた。

「いきなりこんな大人数で押しかけてごめんね。びっくりしたよね」

「はあ……そうですね」

俺が戸惑った顔をしていると戸叶さんが優しく微笑《ほほえ》む。

「私たちは北海道民だけで結成したチーム北海道のメンバーなんだ。私は一応そこの代表というかリーダーなんだけどね……いやあ、頼りないリーダーでみんなには迷惑かけてばかりでね……」

「リーダー、そんなことより本題本題っ」

後ろにいた若い男性が戸叶さんに声をかけた。

「あ、そうだったね、ごめんごめん。こほんっ……えーっとね、実はうちのメンバーがＳＮＳで興味深い投稿を目にしてね」

「ＳＮＳですか……」

「そうなんだ。そのＳＮＳにはね、深い魔のダンジョンで会ったきみに生成魔法で魔法を一切受け付けないっていうすごくレアな鎧を作ってもらったって、それは嬉しそうに書かれてあったんだよ」

生成魔法で鎧を作ってもらった……？

もしかして小比類巻夫妻のことかな……。

「そのＳＮＳを頼りに私たちはここまでやってきたんだ」

「はあ……そうなんですか」

「そこで佐倉真琴くん、きみにお願いがあるんだ」

戸叶さんは俺の目をしっかりとみつめて言う。

「私たちにも生成魔法で特別な武具を作ってもらえないだろうか」

「へ？　俺の生成魔法で、ですか？」

「そうなんだ」

戸叶さんが真剣な顔で俺をみつめ続ける。

「私たちはみんなレベル99なんだけどダンジョン攻略が段々しんどくなってきてね。ランクＦのダンジョンでも十一人がかりでやっとクリアできるかどうかって感じなんだよ。だからとてもじゃないけど、それより上の高ランクダンジョンには手も足も出なくてね……でもこれ以上レベルは上がらないし、新しいスキルを覚えるのもエクストラゲインがないと無理だし、だからどうしようかってみんなで話し合っていたんだよ」

「はあ、そうでしたか」

話を聞く限り、やはり普通のプレイヤーにはよほど恵まれたスキルや仲間がいないとランクＦ以上のダンジョンクリアはなかなか厳しいみたいだな。

「そんな時SNSのその投稿をみつけてね。これだ！　って思ったんだよ。特殊な効果のある優れた武器や防具があれば、私たちでももっと上のランクのダンジョンに挑めるんじゃないかってね」

「なるほど……」

たしかに小比類巻夫妻にあげた黒極の鎧のように、魔法を一切受け付けないなどの特殊効果のついた武器や防具を装備していれば、高ランクダンジョンにも挑戦できるかもしれないな。

「もちろんタダでとは言わないよ。生成魔法一回につき十万円でどうだろうか？」

戸叶さんが俺の顔色を見ながら訊いてくる。

「十万円ですかっ？」

「安いかな？　だったら二十万円ではどうだろう？　私たち、せっかくレベル99になったのに挑戦できるダンジョンが少なくてほとほと困っているんだよ」

「は、はあ……」

俺は別に十万円を安いと思ってリアクションしたわけではないのだが、十万円から二十万円へと勝手に値がつり上がった。

「中にはSSTに入るって言って二人ほど抜けたメンバーもいるんだけどね、やっぱり私たちはダンジョン探索が好きなんだっ。この上なく好きなんだよっ」

「そうなんですか」

身振り手振りを交えてダンジョンへの想いを熱く語る戸叶さん。

六十歳近いだろうにそのバイタリティには感心させられる。

「だから佐倉くん、きみに是非私たち専用の武具を作ってもらいたいんだ。頼むよ、この通りだっ」

言うと戸叶さんは頭を深々と下げた。

そしてそれに倣《なら》って、後ろにいた十人のプレイヤーたちも俺に向かって頭を下げる。

「まあ、別にいいですよ。生成魔法を使うくらいなら」

「ほ、本当かいっ⁉　ありがとう佐倉くんっ。本当にありがとうっ」

俺の手をとって何度もお辞儀をする戸叶さん。

そして戸叶さんに続いて、

「佐倉さん、ありがとうございますっ」

「やったっ！」

「佐倉くんありがとうっ」

「よっしゃー！　これでまだまだやれるぜっ。サンキュー佐倉くんっ！」

後ろのプレイヤーたちも感謝の言葉を口にした。

「あのでも、戸叶さん。生成魔法は素材になるアイテムがないと使えませんよ。あいにく俺は素材になるアイテムは一つも持っていませんから……」

「あ、それなら大丈夫だよ佐倉くん」

すると戸叶さんを含めた十一人のプレイヤーの人たちは、みなそれぞれ持っていたバッグやカバンに手を入れると、その中から様々なアイテムを取り出してみせる。

「ほらっ、私たち素材アイテムなら沢山持っているからねっ」

「おわっ、すごい。みなさん準備がいいですね」

「素材アイテムは買い取り価格が安いからね。みんな売らずに持っていたんだよ」

「そうだったんですか」

「それがまさかこんな風に役に立つなんて……佐倉くん、本当にありがとうね」

戸叶さんは目を細めて俺に微笑みかけてきた。

「いえいえ、気にしないでください」

このあと数えてみると、戸叶さんたちは十一人で合計二十個もの素材アイテムを持っていたのだった。

◇◇◇

「じゃあ早速始めましょうか」

「そうかい、ありがとうね佐倉くん」

「まずは戸叶さんの素材アイテムを貸してもらってもいいですか？」

「はいこれ、お願いするよ」

俺は戸叶さんから生成魔法の素材となるアイテムを手渡される。

「それはプチデビルの尻尾っていうアイテムなんだよ」

「そうなんですか」

矢印のように先が尖《とが》った黒い尻尾。初めて見るアイテムだった。

「じゃいきますね。スキル、生成魔法ランク10っ」

俺が唱え終えた瞬間、ぱあぁぁっとプチデビルの尻尾が光を放ち輝き出した。

その光は俺の手の上でぐにゃあ〜っと大きく形を変えていく。

そして光が消えたと思ったら、俺の手の上には先端が三つ叉にわかれた槍《やり》が出来上がっていた。

＊＊＊＊＊＊＊＊＊＊＊＊＊＊＊＊＊＊＊＊＊＊＊＊＊＊

デビルズトライデント——この槍で刺された相手は即効性の猛毒が瞬時に全身を回って身動きが取れなくなる。ランク6以上の解毒魔法でしか治せない。

＊＊＊＊＊＊＊＊＊＊＊＊＊＊＊＊＊＊＊＊＊＊＊＊＊＊

「「「おおーっ！」」」

俺を取り囲むようにして見ていたチーム北海道のプレイヤーたちが声を上げる。

「すごいよこれはっ！」

続いて興奮した様子で戸叶さんも声を大にした。

「気をつけてくださいね。先端に触れると猛毒で動けなくなりますから」

俺がデビルズトライデントを差し出すと、

「ああ、ありがとう佐倉くん」

受け取った戸叶さんが大事そうにそれを持って一旦地面に置く。

そしてさらに、

「これもいいかな？」

戸叶さんはもう一つアイテムを差し出してきた。

それはオレンジ色の小さな果実のようだった。

「これはガムの実って言って食べることも出来るんだけど、生成魔法の素材アイテムでもあるんだ。こっちも頼むよ。この分も二十万円ちゃんと払うからさ」

「いいですよ。じゃあちょっと貸してください」

言って受け取ると、

「スキル、生成魔法ランク10っ」

俺はガムの実を新たな武具として生まれ変わらせる。

＊＊＊＊＊＊＊＊＊＊＊＊＊＊＊＊＊＊＊＊＊＊＊

ソフトシールド――どんな攻撃もこの盾で吸着することによって衝撃をゼロに出来る。ただし炎と氷にだけは耐性がない。

＊＊＊＊＊＊＊＊＊＊＊＊＊＊＊＊＊＊＊＊＊＊＊

「どんな攻撃も衝撃をゼロに出来るみたいですね。でも炎と氷には効果がないみたいですけど……これでいいですか？」

「ああ、充分だよ。ありがとう佐倉くん。じゃあこれ約束の四十万円ね」

そう言って戸叶さんはソフトシールドと引き換えに本当に四十万円を支払ってくれた。

「じゃあ次わたしっ！」

「おい待てって、次はおれだよっ」

「佐倉くん、はいこれお願いっ」

「ずるいぞっ、おれが先やってもらおうと思ってたんだからなっ」

我先にと、こぞって俺に素材アイテムを差し出してくるプレイヤーたち。

「こらこら、佐倉くんが困っているじゃないか。みんな順番に並びなさい」

ほくほく顔の戸叶さんが言う。

「リーダーはもう終わったんだから早くどいてよっ」

「そうよ。っていうかなんでリーダーが一番先にやってもらってんのよ。こういう時はリーダーは最後でしょ」

「「そうだそうだっ」」

非難される戸叶さん。

「リーダーなんだからこんな時くらいいいじゃないか。そ、それよりとにかくみんなちゃんと並びなさいっ」

戸叶さんは慌てた様子で口にした。

……う～ん。もしかしたら戸叶さんは俺が思っていたのとは違って、メンバーからリーダーとしてあまり尊敬されていないのかもしれないな。

目の前のやり取りを見ながらそう思う俺だった。

☆　☆　☆

「佐倉くん、ＭＰはまだ大丈夫かい？　よかったら魔草食べるかな？」

チーム北海道のプレイヤーの人たちの素材アイテムを、生成魔法で新たなアイテムへと次から次へ生まれ変わらせていると、横から戸叶さんが魔草を持ってやってきた。

「あ、大丈夫です。俺ＭＰはかなりあるんで……」

ＭＰだけでなく全パラメータが高いのだがそれは黙っておく。

「そうかい？　じゃあＭＰが足りなくなりそうだったら言ってね、魔草なら沢山あるからさ」

「はい、ありがとうございます」

親切な戸叶さんにお礼を言うと、俺はまた前に向き直り「スキル、生成魔法ランク10っ」と魔法を唱えるのだった。

◇◇◇

＊＊＊＊＊＊＊＊＊＊＊＊＊＊＊＊＊＊＊＊＊＊＊＊＊＊＊＊＊＊＊＊＊

エンジェルブーツ――天使の翼が生えた靴。これを装備するとすばやさのパラメータが3倍になる。

＊＊＊＊＊＊＊＊＊＊＊＊＊＊＊＊＊＊＊＊＊＊＊＊＊＊＊＊＊＊

「はい、どうぞ。これはエンジェルブーツといってすばやさが3倍になるアイテムです」

「わあ、ありがとうございますっ」

嬉しそうに声を弾ませる女性。

その女性は俺の目の前でエンジェルブーツを履いて飛び跳ねてみせる。

ふぅ～、これで終わりかな。

三十分ほど経《た》った頃、俺はようやく全員分の武具生成を終わらせることが出来た。

チーム北海道のプレイヤーの人たちはみんな、俺の生成した武器や防具を装備して喜んでいる様子だったので、俺も自然と笑みがこぼれる。

すると戸叶さんが近寄ってきて、

「いやあ、ありがとう佐倉くん。お疲れ様、疲れただろう？」

ねぎらいの言葉をかけてくれる。

「いえ、大丈夫ですよ」

本当は結構疲れたが、わざわざ言うことではない。

「佐倉くんのおかげで私たちは大幅にパワーアップできたと思う。これならもっと上のランクのダンジョンだって目指せそうだよ、本当にありがとう」

「いえ、こちらこそ合計で四百四十万円も貰っちゃって、なんか逆に申し訳ない気分ですよ」

「そんなことないよ。その四百四十万円は佐倉くんのしてくれたことへの正当な対価なんだから、気にせず貰っていいんだよ」

「すみません、ありがとうございます」

戸叶さんは大人の余裕でもって、俺の肩に手を置くと優しく笑った。

俺はいい人に出会えたようだ。

「そうそう、佐倉くんのことほかのプレイヤーにも教えてあげてもいいかな？」

と思い出したように戸叶さんが言う。

「ほかのプレイヤーにですか？」

「うん。懇意にしているチームがいくつかあってね、多分今度会ったらその武器どうしたの？　とか訊かれると思うんだ。だから、その時に佐倉くんに作ってもらったんだよって答えても大丈夫かなと思ってね」

「あー、そういうことですか……」

さて、どうするかな。

他人のために生成魔法を使うこと自体は全然構わないんだけど、不特定多数の人と会うのはちょっと気疲れしそうだなぁ。

とはいえ、どのみち小比類巻夫妻がもうＳＮＳに俺のことを上げているんだったな。

う～ん……。

「もちろんちゃんと対価を払ったことも伝えるよ」

「あ、はい……」

生成魔法一回使うだけで二十万円か……決して悪くはないんだよなぁ。

「……まあ、いいですよ」

俺は数秒考えたのち、八方美人的な性格もあってか、結局オーケーしていた。

「おー、そうかい。ありがとうね佐倉くんっ」

「はい。でもあまり大っぴらに宣伝とかはしないでくださいね」

あまり大勢の人に寄って来られても、ダンジョン探索の邪魔になるかもしれないし。

「うん、わかってる。聞かれたときだけこそっと答えるようにするよ」

「ありがとうございます」

「じゃあ私たちはこれで失礼して別のダンジョンに向かうよ」

戸叶さんが手を上げ、立ち去ろうとする。

「え？　このダンジョン潜らないんですか？」

「うん。だってここは佐倉くんが先客だからね。私たちは遠慮させてもらうよ」

「そうですか。なんかすみません」

「いやいや。じゃあ佐倉くん、またどこかで会えたらその時はよろしくね」

そう言うと、戸叶さんは十人のプレイヤーの人たちを率いて去っていった。

みな一様に笑顔で俺に手を振り、会釈しながら部屋を出ていく。

「はぁ～……疲れた～」

俺は誰もいなくなったのを確認してから本音をもらした。

『マスター、大変だったね』

「ああ。やっぱり一度に大勢の知らない人と会うのは疲れるな」

生成魔法を連発するのに疲れたということではなく、単に人見知りからくる気疲れだった。

『あんなこと言っちゃってよかったの？　またマスターの生成魔法目当てにプレイヤーたちが押し寄せてくるかもしれないよ』

「その時はその時で簡単にお金が手に入るんだと割り切るさ」

『ふ～ん』

「そしたらキューンの好きな食べ物なんでも買ってやるからな」

『えっ、ほんとっ？　だったら、おいらカニの缶詰がいいな～。この前食べたらすっごく美味《おい》しかったんだもん』

遠い目をして、のどを鳴らすキューン。

今にもよだれが垂れそうな緩みきった顔をしている。

「ふふっ、わかったよ。カニの缶詰だな。今度沢山買ってやるよ」

『わーい、やったーっ。じゃあマスターに生成魔法でじゃんじゃん稼いでもらわなくっちゃだねっ』

「現金な奴だなぁ」

そう言いつつ俺は心の中では安堵《あんど》していた。

キューンは聞き分けがよくてわがままを一切言わないから、ちょっとくらいは贅沢《ぜいたく》させてやりたかったのだ。

カニの缶詰程度で贅沢なのかどうかは疑問だが、キューンは心の底から嬉しがっているように見えるので俺もなんだか嬉しくなる。

「さてと、キューン。まだ地下一階だし、そろそろ本格的にダンジョン探索を進めるとしようか」

『うん、そうだねっ。行こうマスターっ』

「ああ」

　こうして俺とキューンは深い魔のダンジョンの最深階を目指して再び歩き出した。

☆　☆　☆

　深い魔のダンジョン地下二階にて。

＊＊＊＊＊＊＊＊＊＊＊＊＊＊＊＊＊＊＊＊
賢者の杖——装備していると最大ＭＰを５００アップさせる杖。杖の先端についている緑色の石が割れるとその効果はなくなる。
＊＊＊＊＊＊＊＊＊＊＊＊＊＊＊＊＊＊＊＊

＊＊＊＊＊＊＊＊＊＊＊＊＊＊＊＊＊＊＊＊
ローズウィップ——薔薇《ばら》のトゲがついた鞭《むち》。このトゲによるダメージは回復魔法では治せない。

＊＊＊＊＊＊＊＊＊＊＊＊＊＊＊＊＊＊＊＊＊＊＊＊＊＊＊＊＊＊

俺は二つのアイテムを拾う。

だがどちらも俺には特に必要はない武器だったので、とりあえず俺はそれらを不思議なバッグの中にしまった。

◇◇◇

深い魔のダンジョン地下三階。
『フィィィー』
『フィィィー』
『フィィィー』
ヘルポックルが三体、グループで現れた。
木の枝を振り上げ、氷結魔法を唱えてくる。
だが俺の歩みを止めることはかなわず、俺はその三体ともを腕でなぎ払った。
ヘルポックルたちが壁に激突して消滅していく。
《佐倉真琴のレベルが５３１上がりました》

『マスターっ、鬼面道士だよっ』

「はいよっ」

『グェッグェッグ――』

ボシュッと上半身を殴りつけ、体の上半分をふっ飛ばした。

《佐倉真琴のレベルが187上がりました》

鬼面道士にワープ攻撃をされる前に倒すことに成功する。

そして、地下三階ではマジカルビュートという女性しか扱うことの出来ない新体操で使うリボンのような武器を手に入れた。

これも俺には不必要なものなので、やはり不思議なバッグの中へとしまうと探索を続ける。

◇◇◇

深い魔のダンジョン地下四階では蟻地獄《ありじごく》みたいなトラップを目にした。

回り込んで下を覗き込むと、大きな蜘蛛《くも》のような魔物が男性を捕食していた。

助けようと思ったが、残念なことにその人はすでに体をバラバラにされていて死んでいた。

「……っ」

だがそれでも見て見ぬ振りは出来ないと考え直し、俺はその魔物、デスアントライオンを倒すべく、蟻地獄の中に飛び込んでデスアントライオンの背中に重い一撃をくらわせた。

デスアントライオンを爆砕すると、その蟻地獄はクレーターのようにさらに大きく広がった。

《佐倉真琴のレベルが４６７上がりました》

『マスター、そこに落ちてるのドロップアイテムじゃない？』

キューンが言うので見下ろすとたしかにネックレスらしきものが落ちていた。

俺がそれを手に取って見ていると横から、

『わぁ、きれいだな～。おいらそれ欲しいな～』

キューンが物欲しそうに目をきらきらさせる。

「わかったよ。でもその前に」

キューンに言うと、俺は飛翔魔法で浮き上がり男性の遺体に向かって手を合わせる。

そして、全身が見えなくなるまで砂をかけると蟻地獄から抜け出て地面に下り立った。

『マスターは優しいね』

「別にそんなことはないさ。ただ俺だってもしかしたら、ああなる可能性もゼロではないからな」

忘れかけていたが、俺はプレイヤーという職業がとても危険なものなのだということを男性の死に直面してあらためて認識していた。

「さて、それよりこのネックレスを調べてみるか」

『うんっ。頼むよマスター』

俺は識別魔法で、拾ったネックレスが呪われたアイテムかどうかを確認してみる。

「スキル、識別魔法ランク10っ」

＊＊＊＊＊＊＊＊＊＊＊＊＊＊＊＊＊＊＊＊＊＊＊＊＊＊＊＊

金のネックレス――純金製のネックレス。

＊＊＊＊＊＊＊＊＊＊＊＊＊＊＊＊＊＊＊＊＊＊＊＊＊＊＊＊

「キューン、これ呪われてはいないけど、ただのネックレスみたいだぞ」

『呪われていないんだったら、おいらそれ欲しいな〜』

上目遣いのキューン。

「別にいいけどさ、首につけるのか?」

『うん、そうだよっ。絶対カッコイイよっ』

キューンが金色のアクセサリーが好きだとは意外だったが、にこにこしているキューンを見ていたら今さらあげないとは言えない。

「ほら、じゃあつけてやるよ」

『ありがとマスター』

俺はキューンの首に金のネックレスをかけてやった。

『どう、マスター？　似合ってるかな？』

「ん？　うん、似合ってる似合ってる」

キューンは小さいので、ネックレスはだらんとしてかなり下の部分にゆとりが出来てしまっているが、キューンが嬉しそうにしているのでそう答えるしかない。

まさに「似合ってる」のカツアゲだ。

☆　☆　☆

深い魔のダンジョン地下五階に下り立つと、何やら物騒な声が耳に届いてくる。

「おらぁ、そんな魔物二人がかりでいてまえぇっ！」

「死にさらせっ！」

「じゃかましいんじゃ、こいつっ！」

『マスター、なんだろうね？』

「さあ？」

俺はキューンと顔を見合わせてから首をかしげた。

なんとなく関わり合いになりたくなかったので、俺たちは声のする方とは反対に進む。

『乱暴な言葉遣いだったね』

「そうだな」

短い人生経験の中でも、ああいう喋り方をするタイプとは距離を取ったほうがいいということくらいはわかる。

「俺たちは俺たちで気にせずいこう」

『はーい、マスター』

俺は自分に言い聞かせるようにキューンに一言言うと、地下五階フロアを物騒な声から遠ざかるように歩き続けた。

◇◇◇

深い魔のダンジョン地下五階フロアをアイテムを探しながら歩いていると、前方から体長五十センチくらいの小太りなドラゴンがぷかぷかと宙を浮きながら、ゆっくり向かってきた。

「なんだあいつ……？」

『さあ？　同じドラゴンタイプだけどおいら知らないや』

俺は識別魔法で危険な魔物かどうかを確認する。

見た目は弱そうだが、厄介な特技を覚えている可能性も否定できないからな。

「スキル、識別魔法ランク10っ」

******************************

バルーンドラゴン――ドラゴンタイプの中では珍しく小型の魔物。口から火を吹く。ピンチになると体を大きく膨らませて自爆する。

**************************

「自爆するのか……まあ問題ないか」

俺はその場で手を前に向けて「スキル、氷結魔法ランク10っ」と唱えた。

その瞬間、バルーンドラゴンが凍りついて地面にごとっと落ちる。

「こうなっちゃえば自爆も何もないだろ」

『マスター、頭いいっ』

「ふふっ、だろっ」

俺は地面に落ちたその氷の塊を踏みつぶして砕いた。

《佐倉真琴のレベルが312上がりました》

さらに横幅三メートルほどの通路を進んでいくと、通路の横幅いっぱいに体の大きな魔物がのっしのっしとこっちに歩いてくる。

**************************

オークキング——体が大きく力がとても強いが、それだけでなく蘇生《そせい》魔法も使いこなせる希少な魔物。まれに七色のしずくというレアアイテムをドロップすることがある。

＊＊＊＊＊＊＊＊＊＊＊＊＊＊＊＊＊＊＊＊＊＊＊＊

その頭上にはもう一体、鳥と人間が合わさったような魔物が翼を広げ、剣を片手に飛んできていた。

＊＊＊＊＊＊＊＊＊＊＊＊＊＊＊＊＊＊＊＊＊＊＊＊

ガーゴイル——ずる賢い性格で落ちているアイテムを拾って自分のものとして使うことがある。自分が助かるためなら味方を裏切ることもいとわない魔物。弱点は電撃魔法。

＊＊＊＊＊＊＊＊＊＊＊＊＊＊＊＊＊＊＊＊＊＊＊＊

『グルルルル……』

『グヘッグヘッ……』

二体の魔物が近付いてくる中、

『マスター、一体はおいらがやろうかっ？』
キューンが声をかけてくるが、
「大丈夫、任せとけ」
俺はキューンをその場に置いて駆け出した。
『グルルッ!?』
『グヘッ!?』
俺の急接近にぎょっとする魔物たち。
俺はそんなことはお構いなしに拳を振り上げる。
ボンッと小さな爆発音のような音とともに、オークキングの腹に風穴が開いた。

《佐倉真琴のレベルが４９３上がりました》

『グヘッ!?』
それを目にしたガーゴイルは空中で急旋回すると、一目散に逃げていった。
だが、
「逃がすかっ。スキル電撃魔法ランク10っ」
俺はとっさに電撃魔法を唱える。
俺の手から放たれた高電圧の雷撃が、飛んで逃げるガーゴイルをとらえた。
『グギャッ……！』

一瞬にして黒焦げになったガーゴイルが地面に落下していくさなか消滅していく。

《佐倉真琴のレベルが257上がりました》

と同時にカランカランッとガーゴイルが持っていた剣が地面に落ちた。

『あれ？　マスター、剣が消えずに残ったよ』

いつの間にか俺の近くに来ていたキューンが俺の肩越しに言う。

「ほんとだな……多分あれじゃないか。もともとこのダンジョンに落ちていたアイテムだったんじゃないかな」

ガーゴイルは拾ったアイテムを使うことがあるという情報が、識別魔法を使った際に表示されていた。

『そっか。じゃあそれも拾っておこうかマスター』

「ああ、そうしよう」

俺はガーゴイルが持っていた剣を拾い上げ識別魔法を唱える。

「スキル、識別魔法ランク10っ」

直後、目の前にアイテムの情報が表示された。

＊＊＊＊＊＊＊＊＊＊＊＊＊＊＊＊＊＊＊＊＊＊＊＊＊＊

なまくらソード――非常に硬いが、斬れ味の悪い剣。斬るというより叩いて使う方が実用的。

＊＊＊＊＊＊＊＊＊＊＊＊＊＊＊＊＊＊＊＊＊＊＊＊＊＊＊＊

「……いらね～」

『マスター、残念。全然使えそうにないアイテムだったね』

「ああ。でもまあいいさ。こんなものでも売ればいくらか――」

「こら、ちょっと待ちなっ!!」

するといきなり突然、女性の怒声が飛んできた。

「その剣はあたしのだっ！」

「え？」

『なんだなんだ？』

俺とキューンは声のした方に向き直る。

とそこには、切れ長の目をした着物姿の長身の女性が立っていた。

# 第二十三章　竜神有希《りゅうじんゆき》

「え？　えっと……なんて言いました？」

「その剣はあたしのだって言ったんだよっ！」

着物を着た二十歳そこそこの女性が語気を強めて言う。

髪をかんざしで上にまとめている分、俺よりちょっと背が高い。

「いや、あの、この剣はさっきガーゴイルが持っていた剣なんですけど……」

「だからそれがあたしの剣だって言ってるんだっ！」

「はい？」

「つべこべ言わずさっさとそれを返しなっ！」

女性は鋭い眼差《まなざ》しで俺をにらみつけてくる。

う～ん、この人は何を言っているんだろう？

俺が呆気《あっけ》にとられているとそこへ、

「姐《ねえ》さん、一人で先に行ったら危ないですぜっ！」

「さっきのガーゴイルみつかりましたか、姐さんっ！」

「とっちめてやりやしょうぜっ！」

三人の男性が威勢よく駆けつけてきた。

みんな気合いの入った髪型と服装をしていて、いかにも反社っぽいのだが……。

俺に気付いた三人。

「なんや兄ちゃん、珍しいもんでも見たよな顔しよってからに」

「何見てんだこら、しばき回すぞっ！」

「姐さん、このガキなんすか？」

「こいつ、あたしの剣を返さないつもりらしい」

俺を見ながらあごをしゃくる女性。

「いやいや、別に返さないって言ってるわけじゃなくてですね、この剣はさっき――」

「ごたごたとじゃかましんじゃこらぁっ！」

黒地にまだら模様の入ったシャツを着た、オールバックの男性が吠《ほ》える。

続けざまに、

「いいから返せやガキっ！　いてまうぞ、われぇっ！」

太った大男が叫んだ。

すると、

「やめや、お前ら。若い兄ちゃんにそんな態度とんなや」

四人の中では最年長に見える、眼鏡をかけたインテリ風の男性が二人を制する。

そのインテリ風の男性は続けて、

「兄ちゃん、その剣はもともと姐さんのもんなんや。ちぃっとよそ見してる隙に、ガーゴイルが盗んで持っていきよったんや。だから返してくれるか？」

穏やかな口調で俺に言った。

口調こそ穏やかだが、敵意のこもった目で俺をずっと見据えている。

「あー、そうだったんですか。そういうことなら返しますよ」

なんか関わり合いになりたくない人たちだ。

剣を渡して話が済むならそれでいい。

俺は素直に女性に剣を差し出した。

「すいませんでした。じゃあ……はいこれ、お返しします」

「わかればいいんだ、わかればなっ」

横柄な態度で女性が剣を受け取ったその時だった。

『お礼くらい言ったらいいのに。変なのっ』

キューンが口を開いた。

「「「あぁん？」」」

その言葉を聞いて男性三人の目の色が変わる。

「なんじゃクソガキっ！」

大男が俺の胸ぐらを摑《つか》んできた。

「いや、俺は言ってないですって……」

「てめぇ以外に誰がいるんだこらぁっ！」

オールバックがいきり立つ。

「えっと、だからこのキューンっていう俺の仲間の魔物が……」

俺はキューンを指差すが、

「兄ちゃんな、あんま舐《な》めたこと言ってると沈めちゃうよ」

インテリ眼鏡も眠たそうな目で俺を見てきていた。

別にこんな奴《やつ》ら本気を出さずともどうとでもなるのだが、出来れば話し合いで解決したい。

俺はそう思いキューンに目を向ける。

「おい、キューン。この人たちになんとか言ってくれ」

「てめぇこら、魔物が喋《しゃべ》るわけねぇだろうがっ！」

『おいら喋れるよっ』

「「「っ⁉」」」

キューンが声を発すると女性を含めた全員がぎょっとして驚いた。

女性がキューンに近寄っていく。

「……あんた人間の言葉を喋れるのか？」

『うん、そうだよっ』

「そうか……ってそのネックレスはどうしたんだっ‼」

キューンの首にぶら下がったネックレスを見た女性の表情が一変して険しい顔になった。

『これ？　これはさっき拾ったんだよ。ねぇマスター』

「ん？　ああ、そうだったな」

たしかデスアントライオンのドロップアイテムだったたか。

「ちょっとそれ、よく見せなっ！」

『何？　どうしたのさ』

「いいからっ！」

このネックレスもあたしのもんだ、とか言い出すんじゃないだろうな。

そう思っていると、女性はネックレスをまじまじとみつめ、それからこう言い放った。

「このネックレスはあたしの親父《おやじ》が快気祝いにって泰造《たいぞう》にくれてやったもんだっ！　それをなんであんたたちが持ってやがるっ！　泰造は無事なんだろうなっ、答え次第じゃタダじゃおかないぞっ！」

「……は？」

『……は？』

俺とキューンは意味が分からず、シンクロするように同時に首をかしげたのだった。

◇◇◇

「泰造さん？　って誰ですか？」

「この金のネックレスの持ち主だっ！　あんたらどうやってこのネックレスを手に入れたんだっ！」

女性は声を荒らげる。

「だからそれはデスアントライオンのドロップしたアイテムで――」

「そんなはずはないっ！　見てみな、ここっ！　泰造へって文字が彫ってあるだろうがっ！」

キューンのぶら下げている金のネックレスをよく見ると、小さいが確かにそのように文字が刻まれてあった。

「本当だ……」

『マスター、これどういうことかな？』

キューンが不思議そうに俺を見てくる。

この金のネックレスは蟻地獄《ありじごく》の中に落ちていたものだ。それは間違いない。

……もしかしてだが、このネックレスはデスアントライオンのドロップアイテムなどではなくて、その中で死んでいた男性のものだったのか……？

「あの、もしかしたらですけど――」

と俺がそこまで口にした時だった。

「ぐあぁぁぁーっ⁉」

「な、なんだこりゃっ⁉」

「何かに引っ張られっ……⁉」

三人の男性がほぼ同時に叫び声を上げた。

そして次の瞬間、三人全員が地中に引きずり込まれた。

「お前らっ⁉」

女性が目を見開き叫んだ。

まさにその刹那――

「「「ぎゃあぁぁぁーっ！！！」」」

耳をつんざくような男性たちの悲鳴が地中から聞こえてきた。

俺はちょうどその時、女性と同じく地面を見回していた。

すると、女性の足元からデスアントライオンの前足が伸び出てきたのが見えた。

俺はとっさに、

「スキル、飛翔《ひしょう》魔法ランク10っ」

女性を抱きかかえるとキューンとともに天井付近まで飛び上がる。

「ちょっ、何するんだっ、放せったら！」

「落ち着いてください。下を見てっ」

俺の言葉を受け、女性は俺に抱きかかえられながら地面を見下ろした。

するとそこには蟻地獄が四つ出来ていて、そのうちの三つにはそれぞれ男性たちのバラバラになった死体が砂に埋もれていた。

そして四つの蟻地獄の真ん中には、それぞれデスアントライオンがいて『キシャァァァー』と俺たちを見上げている。

「銀次《ぎんじ》っ、武人《たけと》っ、龍《りゅう》っ⁉」

「……残念ですけど、あの三人はさっきの奇襲攻撃でデスアントライオンにやられてしまったようです」

「そ、そんなっ……」

ショックで茫然自失《ぼうぜんじしつ》となる女性。

俺はそんな女性を一旦地面に下ろそうと考えたが、デスアントライオンの攻撃がまたいつ来るかわからない。

そこで俺は、

「キューン、この人のこと頼めるか？」

キューンに顔を向けた。

『うんっ、任せてよっ』

言うと、キューンは女性の着物の帯の部分を口で噛《か》んで女性を持ち上げてみせる。

そして小さな翼でぱたぱたと宙に浮かび続ける。

だが、「任せて」と言ったものの、キューンは割と苦しそうに見えたので、俺は手早く四体のデスアントライオンを退治することにした。

「いくぞっ」

俺は蟻地獄の真ん中にいるデスアントライオンに向かって飛び下りると、デスアントライオンの顔面を打ち砕く。

続けて隣の蟻地獄の中に飛び込むと、そこにいたデスアントライオンを引っ張り出し腹に一撃をくらわせた。

さらに残る二体のデスアントライオンにも同様に、それぞれ拳を打ち込み、粉砕する。


《佐倉《さくら》真琴《まこと》のレベルが１６４２上がりました》

これでとりあえずは大丈夫かな。

「キューン、もうその人下ろしていいぞ」

『んっんー』

多分オッケーとでも言ったのだろう、キューンが女性を口で持ち上げたままゆっくりと下りてきた。

「キューン、ご苦労様」

『へへへ〜』

「……」

女性は黙ったまま下を向いている。

「そうだ、キューン。そのネックレスこの人に返そう」

『うん、わかったよ。もとの持ち主の仲間に返すのが一番だもんね』

俺はキューンからネックレスを外すとそれを女性に手渡した。

「えっと、じゃあ俺たちはそろそろ……」

冷たいようだが、仲間が死んでしまった女性に俺たちはどうすることも出来ない。

かける言葉もみつからないので、さっさとその場を離れるために俺はその場を立ち去ろうと――

「待ちなっ！」

その時、うつむいたままの女性が俺の服を掴んだ。

「えーっと……何か？」

「あんた、かなり強いな」

ゆっくりと顔を上げ、俺の目をじっとみつめてくる。

「はあ、それはどうも……」

「あんた聞いたことあるか？　エクゾディアってアイテムをさ」

「エクゾディアっ？」

磯《いそ》さんと一緒にダンジョン探索していた時に手に入れたことがあるアイテムだ。

たしかオイルライターそっくりのアイテムで、スイッチを押すと炎の精エクゾディアが現れて……。

「そのアイテムはどんな願いでも叶《かな》えてくれるって代物らしい」

と女性は言う。

「あー、そうみたいですね」

「知ってるんだな。だったら話は早い」

すると女性は不敵に笑った。

「あんた、あたしに力を貸しなっ」

☆　☆　☆

「そういうことだったのか。疑ってすまなかったな」

「いえ別に」

「むしろ泰造の仇《かたき》をうってくれたんだから、真琴は恩人ってわけだ」

ここは深い魔のダンジョン地下五階。

俺の目の前には切れ長の冷たい目をした長身の美人が立っている。

竜神有希《りゅうじんゆき》さん、二十二歳。

聞いたところによると、北海道を拠点とする大企業、竜神グループの会長の一人娘らしい。

会社をより大きく発展させるために、何か出来るならと社員である泰造さん、銀次さん、武人さん、龍さんを引き連れてこの深い魔のダンジョンに探索に来ていたのだという。

「このダンジョンに一緒に入ったのに気付いたら泰造が消えていたんだ。それで捜してる時にガーゴイルに剣を盗まれて……そのあとは真琴も知っての通りだな」

お互いに自己紹介を済ませてから、有希さんは俺と出会うまでの経緯を語った。

「……はい」

そう。

そして泰造さんも銀次さんも武人さんも龍さんも、デスアントライオンに殺されてしまったというわけだ。

「そこでだ。さっきの話に戻るんだが、あたしは死んでしまったうちの衆を生き返らせてやりたい。あたしにとっては家族同然だったんだ。わかるだろこの気持ちっ」

有希さんは俺の肩にがしっと手を置くと、迫力のある目つきで同意を迫ってくる。

「は、はい」

そこまではよくわかる。

俺だって大事な人を亡くしたら生き返らせたいと思うだろうからな。

「そのためにはエクゾディアってアイテムが必要だ。だが残念ながらあたしはレベル99にもかかわらずスキルに恵まれていなくてな、スキルは一つもないんだ。だからここは一つ真琴の力を借りたい……貸してくれるよなっ？」

「い、いや。それは……」

気持ちはわかるが、俺が協力する義理はない。

「なんだっ、あたしがここまで言ってるのに断るって言うのかっ！　今さっきあたしの気持ちがわかるって言ったばかりじゃないかっ！」

「いや、だからですね、同情はしますけど、俺には俺の――」

「頼む、この通りだっ！」

有希さんは勢いよく頭を下げた。

「……」

「……」

『……』

重苦しい空気が流れる。

俺は助けを求めるようにキューンを見やった。

するとキューンは無言で首を横に振る。

キューンはどうやら俺に強い口調で接する有希さんのことがあまり好きではないようだった。

「頼む、この通りだっ！」

有希さんは頭を下げたまま言葉を繰り返す。

「……あのう。俺の知り合いに蘇生《そせい》魔法を使える子がいるんですけど、その子を紹介しましょうか？」

マリアのことだ。

マリアはたしかランク1の蘇生魔法を覚えているはずだ。

「その知り合いって子はランクいくつの蘇生魔法が使えるんだ？」

「えっと、ランク1ですけど」

答えると、

「それじゃ駄目だっ！　ランク1じゃ全然当てにならないっ！」

有希さんは怒鳴り声を上げた。

「あたしにも知り合いの蘇生魔法使いがいるが、そいつのランクは3だっ。だがランク3じゃ三十パーセントの確率でしか生き返らせることが出来ないんだっ。しかも一回蘇生魔法を使ったことのある対象には二度と効かないんだからなっ」

「そ、そうだったんですか。それは初耳です」

蘇生魔法にそんな条件があったとは知らなかった。

「大体、泰造たちはバラバラに食い殺されてしまったんだぞっ。そんな肉体のない奴らをどうやって蘇生させるんだっ！」

語気を強めて訴える有希さん。

目にはうっすら涙を浮かべている。

「はあ……すいません」

有希さんは着物の袖で涙を拭うと、

「……だから、どうしてもエクゾディアが必要なんだ。どんな願いも叶えてくれるエクゾディアがなっ」

覚悟のこもった眼差しを俺に向けてきた。というより射殺すように、にらみつけてきている。

俺が真性のドMだったなら、きっとその目つきだけで昇天してしまっていたことだろう。

「……二億出す」

有希さんは口を動かした。

「えっ……？」

「二億円払うと言ったんだっ」

「に、二億円ですかっ⁉」

「そうだっ。エクゾディアをみつけることが出来たら、二億円払ってあたしが買いとってやるっ。だからあたしに手を貸せっ！」

潔いほどの命令口調でもって、俺に手を差し出してくる有希さん。

だが、その強い口調とは裏腹に差し出した手は震えていた。

はぁ……。

俺は心の中でため息を一つつくと、キューンに顔を向けた。

『マスター、もしかして……？』

「ああ、悪いなキューン」

有希さんをあまりこころよく思っていないキューンには悪いが、俺のこの性格は変えられない。

困っている人を見捨てられないのか、泣いている女性に弱いのか、それとも単に金が好きなだけなのか。

自分でもよくわからないが、俺は今目の前にいる有希さんを放ってはおけないという気持ちに駆られていた。

「協力しますよ、有希さん」

言いながら俺は有希さんの手を握る。

「ほ、ほんとかっ！　男に二言はないからなっ！　今さら無しにしようったって許さないからなっ！」

「わかってますよ。エクゾディアがみつかるまで手を貸します」

「約束だぞっ！」

「はい、約束です」

俺の返事を聞いて有希さんはにっと笑ったかと思った次の瞬間、俺を力強く抱きしめたのだった。

☆　☆　☆

『も～、マスターは優しすぎるんだから』

「悪いなキューン。勝手に決めちゃって」

『別にいいけどさ～。おいらはマスターといられればそれで』

キューンの理解も得られたようなので、俺は有希さんに向き直った。

「じゃあ有希さん、とりあえず有希さんを家まで送りましょうか？　それからエクゾディア探しをするってことでいいですよね？」

有希さんに確かめる。

すると、

「全然よくないぞっ。何言ってんだ真琴っ」

顔をしかめる有希さん。

「え、だって今約束したじゃないですか」

「約束したのはあたしに手を貸すってことだろう」

「そうですよ。だから有希さんのエクゾディア探しを俺が手伝いますって」

「ああ、あたしもそう言っているじゃないか」

「……？」

有希さんの言っていることがよくわからない。

「え？　もしかして有希さんと一緒にエクゾディアを探すってことですか？」

「そう言っているだろうが」

「みつかるまでずっと一緒にですか？　俺がみつけたらその時に渡しに行って、買い取ってもらうってことじゃなくてですか？」

「ああ。みつかるまであたしのエクゾディア探しに協力してもらう、そういう約束のはずだぞ」

俺は絶句する。

なぜなら、俺はてっきりダンジョン探索の途中にエクゾディアをみつけたら、その時に有希さんに連絡して、それを渡せば二億円で買い取ってくれるものだと思い込んでいた。

まさかみつかるまで一緒にダンジョン探索をするだなんて……思ってもいなかった。

「あの、じゃあもしこのダンジョンでエクゾディアがみつからなかった場合、別のダンジョンにも一緒に行くってことですか？」

「まあ、そうなるな」

「そんな……」

「おいおい。一応訊《き》いておくが、まさか約束を破ろうなんて考えてないよな？　真琴」

有希さんは凍《い》てつくような視線を俺によこす。

「男に二言はないんだろ。約束したよな、真琴」

「は、はい。まあ……」

「よし、それならいいんだ。じゃあ早速行こうかっ」

言って有希さんは歩き出した。

『マスター、なんか話が違うけど』

恨めしそうに俺を見るキューーン。

「すまん、キューーン。俺にとってもこれは予想外だ……」

「おーい何してるっ。真琴、キューーン、早く来いっ！」

有希さんが俺とキューーンに向かって手招きしている。

『はぁ～。おいら、あの人苦手かも』

「俺もだよ」

俺とキューーンは愚痴りながらも有希さんのあとを追った。

☆　☆　☆

「有希さん、参考までに今の有希さんの装備品とか持っているアイテムとか教えてもらってもいいですか？」

俺は横を歩く有希さんに訊《たず》ねる。

「装備品か？　あたしの装備品は真琴が取り返してくれた、このなまくらソードとこのかんざしとこの着物とそれからこの扇子だ」

言って有希さんは持っていた剣、それから頭に差していたかんざしと着ている着物と、着物の袖の中に隠し持っていた扇子を順々に指差していった。

「ほかに持っているアイテムは一つもない、銀次に持たせていたからな。今頃はあいつの遺体と一緒に地面の中で眠っているだろうさ」

「そうですか」

「それがどうかしたか？」

「いえ、有希さんの強さを確認しておきたかったので……一応、識別魔法で有希さんの装備品を見てもいいですか？」

「ああ、構わない。好きにしな」

男のような口調で返す有希さん。

雪のように白い肌をしていて、顔立ちは上品なのにどうも違和感がある。

「なんだ？　あたしの顔に何かついているか？」

「あ、いえなんでもないですっ」

危ない危ない、じろじろ見すぎてしまったか。

気を取り直して、

「スキル、識別魔法ランク10っ」

「スキル、識別魔法ランク10っ」

「スキル、識別魔法ランク10っ」

俺は有希さんの装備品それぞれに識別魔法を唱えた。

****************************

紅のかんざし――身につけていると火炎魔法の威力が上がる。さらに炎への耐性が少しつく。

****************************

****************************

不死鳥の着物――身につけている者が死ぬと一度だけＨＰ１の状態で生き返ることが出来る。

****************************

＊＊＊＊＊＊＊＊＊＊＊＊＊＊＊＊＊＊＊＊＊＊＊＊＊＊

竜宮の扇子――斬れ味の鋭い扇子。大きく振って使うとランク3程度の真空魔法を発生させることが出来る。

＊＊＊＊＊＊＊＊＊＊＊＊＊＊＊＊＊＊＊＊＊＊＊＊＊＊

「へー、結構いい装備品みたいですね」

「そうだろう。あ、そうだっ。ついでにあたしのステータスも見ておくか？」

「え、いいんですか？」

「ああ、あたしたちはもう仲間だからな」

そう言うと有希さんは「ステータスオープン」と口にした。

俺は横から有希さんのステータスボードを覗《のぞ》かせてもらう。

＊＊＊＊＊＊＊＊＊＊＊＊＊＊＊＊＊＊＊＊＊＊＊＊＊＊

名前：竜神有希
レベル：99

ＨＰ：８４７／８４７　ＭＰ：９８９／９８９
ちから：８１２
みのまもり：８６６
すばやさ：１０２８
スキル：なし

＊＊＊＊＊＊＊＊＊＊＊＊＊＊＊＊＊＊＊＊＊＊＊＊＊＊＊＊＊＊＊＊

「あー、スキルはほんとに一つも覚えてないんですね」

「だからそう言っただろ」

と有希さん。

同じステータスボードを見ているから顔が近い。

『最大ＭＰ高いのに魔法覚えてないなんてもったいないね』

「そうだな。あたしもそれは思っていたが、これぱっかりはどうしようもないからな」

「あ、もういいですよ。ありがとうございました」

「そうか。ステータスクローズ」

有希さんはレベル99だけあってなかなか強いが、やはりスキルが一つもないのが痛い。

素材アイテムがあれば生成魔法で強力な武器や防具を作ってやることも出来るが。

現時点では不死鳥の着物が唯一の救いか……。

◇◇◇

深い魔のダンジョン地下六階。

俺とキューンは、竜神グループの会長令嬢である有希さんとともに、ダンジョンを探索していた。

「あのう、有希さん。さっきも言いましたけど、デスアントライオンがいつ襲ってくるかわからないんであんまり離れないでもらえますか」

俺の前をスタスタ歩く有希さんに声をかける。

デスアントライオンは地中から突然襲ってくるので用心が必要なのだが。

「あたしはちまちま歩くのは性に合わないんだ。真琴があたしの歩幅に合わせろっ」

有希さんは後ろを振り返ることもなく返事をした。

「はいはい、わかりましたよ」

脚の長い有希さんの歩幅に合わせて歩くのはちょっと疲れるのだが、この際仕方ないか。

俺は有希さんに追いつくように歩を進めた。

本当ならば、デスアントライオンが出ない階まで俺が有希さんを抱いて飛翔魔法で飛んでいきたいのだが、それを提案したところ有希さんにあっさり却下されてしまった。

「あたしに触れていいのは、あたしが一生涯をともにすると心に誓った奴だけだっ」ということだそうだ。

いつもより速足でダンジョン内を進んでいると、前からバルーンドラゴンがぷかぷかと浮きながら向かってきた。

「有希さん、あいつは自爆する可能性があるんでここで止まってく――有希さんっ⁉」

「おおぉぉっ！」

有希さんは俺の制止も聞かずバルーンドラゴンに向かって一直線に走っていくと、なまくらソードでバルーンドラゴンに斬りかかる。

『ギィヤァァー……！』

有希さんの攻撃で片目を潰されたバルーンドラゴンが鳴き声を上げた。

続けて有希さんは、袖の中に忍ばせていた先が鋭利に尖《とが》った扇子を取り出して、それを振り下ろしバルーンドラゴンに追撃を浴びせる。

その攻撃を受けたバルーンドラゴンは血しぶきを上げ、息を荒くした。

『ギャアオォォ……』

「小さい体のくせになかなかタフじゃないかっ」

嬉《うれ》しそうに言う有希さん。

俺の目にはエクゾディア探しという大きな目的を忘れて、ただ戦いを楽しんでいるようにすら見える。

有希さんがさらに攻撃を加えようとなまくらソードを上段に構えたその時だった。

バルーンドラゴンが『スゥーッ……』と息を大きく吸った。

するとバルーンドラゴンの体が一瞬にして倍以上の大きさになる。

「なんだ？」

「ヤバっ。スキル、氷結魔法ランク10っ！」

俺はそれを見てとっさに魔法を唱えた。

刹那――バルーンドラゴンが氷に覆われ、カチンコチンに固まる。

そしてそのままゴトッと地面に落ちて転がった。

「真琴、なんのつもりだっ。一対一の勝負に手出しするなんてっ」

有希さんが振り向いて声を飛ばしてくる。

「いや、今のはどう見ても自爆する寸前だったでしょう」

「何を言っているんだ。どうせあと一撃で倒せたはずだから、自爆する前に倒せていたさ……真琴は心配性なんだな、まったく」

仕方のない奴だとでも言わんばかりに俺を見て失笑する有希さん。

う～ん……有希さんはそれなりに強いし、行動的で頼りになるけど、ちょっと自信過剰なところがあるのかもしれないないなぁ。

俺はそんな有希さんの背中を眺めながら一抹の不安を感じていた。

☆　☆　☆

地面に転がったバルーンドラゴンの入った氷の塊に、俺はパンチを浴びせて粉々にする。

《佐倉真琴のレベルが299上がりました》

「とにかく今度からはあまり先走った行動はとらないでくださいね」

「おい、あたしを誰だと思っているんだ。いくらスキルが一つもないとはいってもレベル99なんだ、この辺りの魔物に負けるはずないだろうが」

「そうかもしれないですけど、一応用心しておいた方が……」

「真琴だってレベルは99なんだろ、だったらスキルの差だけでパラメータにはそんな大して違いはないはずだろ」

「まあ、それはそうですけど……」

本当のレベルを言ったら厄介なことになるかもしれないので、レベルの件は伏せておく。

特に、こういう我が我がというタイプには教えない方がいいような気がする。

伊集院《いじゅういん》みたいに【レベルフリー】のスキルを持った人間が俺以外にもいるとわかった以上、今さらレベルのことを隠す必要はないのかもしれないが、だとしても話す相手は選ばないとな。

もっと大人っぽくて落ち着きのある人ならともかく、この直情型の有希さんには教えたくはない。

「そうだっ。真琴のステータスボードも見せてくれっ」

ほら、こんなことを平気で言い出す人なのだから。

「それはちょっと困りますよ」

「困るってなんだよ。あたしたちは仲間のはずだろ、仲間に隠し事するのかっ」

「それとこれとは話が別です。有希さんだって俺に知られたくないこととかあるでしょ」

「そんなのあたしにはないぞ。銀次たちにも隠し事は一切していなかったしな」

有希さんは腰に手を当て自信満々に言い切る。

「あたしのは見せてやったんだから真琴のも見せなっ」

「ちょっとやめてくださいって」

はたから見たら誤解されそうな会話をしているとそこへ、

『グルルル……』

休長三、四メートルほどのオークキングが姿を現した。

すると、そのオークキングを見てニヤッと笑った有希さんが俺をはね飛ばすようにしてオークキングへと駆け出していく。

「あっ、ちょっと有希さんっ」

「今度は手出しするなよっ！」

言って意気揚々とオークキングに向かっていった。

……有希さんはただの戦闘狂なんじゃないだろうか。

オークキングに向かって駆け出した有希さん。

着物の裾をはだけさせ、長い脚を露出させながらオークキングに飛び掛かる。

「はあぁっ！」

手に持った扇子でオークキングの肩口に斬りかかった。

『グルルッ……⁉』

動きの遅いオークキングの肩から胸にかけてザクッと裂傷が出来る。

「おりゃっ！」

着地した有希さんが今度はあざやかな回し蹴りをオークキングに浴びせた。

ひるんだオークキングに畳みかけるように、そこから剣と扇子の連撃をくらわせていく。

おおー、なかなかやるな～。

口だけではないその身のこなしに俺は感心していた。

おそらくだが、有希さんはなんらかの格闘訓練を受けているのだろう。

「はっ！」

オークキングの懐に入った有希さんが、アッパーカットのように扇子を振り上げる。

『グルッ……！』

その攻撃によってオークキングの腹が縦に斬り裂かれた。

血を噴き出しながら後ろによろめくオークキング。

「どうだい、真琴っ。あたしが本気を出せばこんなもんさっ」

余裕だということを見せつけたかったのだろう、後ろにいた俺を振り返り見る有希さん。

とその時だった。

『グルルッ！』

「うぐっ……⁉」

オークキングが有希さんの首を摑んだ。

そして軽々と持ち上げる。

「有希さんっ」

俺は助けに入ろうとするが、

「へ、平気だっ……」

有希さんは苦しそうにそうつぶやくと扇子を大きく振った。

その扇子の攻撃はオークキングには届かない。

だがしかし、大きく振り下ろされた扇子からは真空の刃が飛び出していた。

オークキングの首に真空の刃が直撃する。

『グルルッ……⁉』

その拍子に有希さんを摑んでいたオークキングの手が開いた。

「この豚野郎がっ！」

自由になった有希さんは一旦着地したあと跳び上がり、お返しとばかりにオークキングの首を扇子ではね飛ばした。

オークキングの頭部が地面に転がり落ちる。

「ふぅっ……ちょっとてこずったがこんなもんだ」

と俺を見る有希さん。

「この辺りの魔物だったらあたしでも一人で倒せるんだ。わかったか？」

「ええ、わかりましたよ」

少々自信過剰なきらいもあるが、有希さんはスキルがない割にはかなり強い部類に入るようだ。

剣と扇子の二刀流はなかなか様になっていた。

「おっと、そういえば忘れるところだった。真琴のステータスボードを早く確認させてくれ」

「え、まだそれ言うんですか？　それはさっき断ったじゃないですか」

「なんで嫌なんだ、見られてまずいものなんかないだろう」

「それは、そうですけど……」

なんかこのやり取りも面倒くさくなってきたな。

嘘《うそ》をついているという罪悪感も少しはあるし……いっそもう、秘密にするのはやめにしようか。

この世界には俺以外にも【レベルフリー】を持っている人間がいることもわかったし、何も俺だけが特別というわけではないのだ。

だったら秘密にしておく理由はだいぶ薄れてくる。

するとキューンが口を開いた。

『ねぇマスター。有希は多分マスターがステータスボードを見せるまで諦めないと思うよ』

「おっ、いいこと言うじゃないかキューン。その通り、あたしは一度こうだと決めたらてこでも動かないからな」

『ねっ？　マスター』

「うーん、そうだなぁ……」

有希さんとキューンは俺をじっとみつめている。

『おいらがダンジョンセンターに入った時だって大して騒ぎにはならなかったし、人間って他人を見ているようであまり見ていないんじゃないかな』

哲学めいたことを言ってくるキューン。

「キューンは俺がステータスボードを見せることに賛成なのか？」

俺はキューンの耳元でささやく。

『うん、おいらは賛成だよっ。だってその方が、マスターだって誰にも気兼ねなく本気が出せるでしょ』

「まあ、そうだな」

「おい、二人して何をこそこそ話してるんだ？　あたしたちはもう仲間なんだ、隠し事はよくないぞ」

ぐっと身を乗り出してくる有希さん。

「わかりましたよ、もう隠し事はしませんよ」

俺は覚悟を決めた。

そして、

「俺のレベルは異常ですからね。見ても驚かないでくださいよ……ステータスオープン」と口にした。

＊＊＊＊＊＊＊＊＊＊＊＊＊＊＊＊＊＊＊＊＊＊＊＊＊＊＊＊＊

名前：佐倉真琴
レベル：20970
HP：110527／131045　MP：841127／112716
ちから：120318
みのまもり：108323
すばやさ：99871
スキル：経験値1000倍
：レベルフリー
：必要経験値1／3000
：魔法耐性（強）

・魔法効果10倍
・状態異常自然回復
・火炎魔法ランク10
・氷結魔法ランク10
・電撃魔法ランク10
・飛翔魔法ランク10
・転移魔法ランク10
・識別魔法ランク10
・生成魔法ランク10

∴帰還魔法ランク6
∴レベル消費

＊＊＊＊＊＊＊＊＊＊＊＊＊＊＊＊＊＊＊＊＊＊＊＊

「ほら、見てください。これが俺のステータスです」

俺は自分のステータスボードを有希さんに見るよう促す。

「どれどれ……ってなんだこれはっ⁉　レベルが20000超えてるじゃないかっ⁉」

目を見開いて声を上げる有希さん。

「だからそう言ったじゃないですか。俺のレベルは【レベルフリー】ってスキルのおかげで際限なく上がるんですよ」

「それにしたって上がりすぎだろっ！」

「レベルが上がりやすくなるスキルも覚えてますから。ほら、これとこれです」

俺はステータスボードに表示されている【経験値1000倍】と【必要経験値1／3000】を指差して説明した。

「それにしても、すごいなこれは。まさに桁違いじゃないか」

「そうですね。これが国のお偉いさんとかに知られるとまずいかなぁと思って黙っていたんですよ」

「ん？　なんでまずいんだ？　全然問題ないだろ」

「いや、なんか変に頼りにされても嫌だったので……俺は穏やかに暮らしたいんですよ」

「ふーん。正直あたしには真琴の考えはちっともわからないが、あたしに本当のことを話してくれたことは素直に嬉しいよ、ありがとうな真琴」

根本的に性格の違う有希さんには俺の考えは理解してもらえなかったようだが、それでも有希さんの笑顔を見ることが出来て、正直に話してよかったなと思えたのだった。

◇◇◇

俺は深い魔のダンジョン地下七階フロアをキューンと有希さんとともに進んでいた。

有希さんには俺の本当のレベルを話したが、少し驚かれただけで今はこれまで通り普通に接してくれている。

俺はもしかしたらこれまで自分のレベルの件を重く考えすぎていたのかもな。

これからは秘密にする必要はないのかもしれない。

キューンの言う通り、その方が俺も気兼ねなくダンジョン探索が出来るというものだ。

「なあ、真琴が今着ている服はダンジョンで手に入れたものなのか？」

前を歩く有希さんが振り返り、訊いてくる。

「いえ、違いますよ。これはただの洋服です」

俺が身につけているのは特別な効果のある装備品などではなく、大型スーパーで買ったなんの変哲もない服と靴とズボンだ。

高速で動いても破けないように、なるべく強い生地のものを選んではいるがいくらでも替えがきく。

実際、不思議なバッグの中には同じような衣類が十着以上しまってある。

「じゃあなんの効果もないんだな。大丈夫なのか？　そんな装備で。いくらステータスがすごくても万が一ということもあるからな」

「まあ、そうですね」

それは俺も頭の片隅でなんとなくだが考えていたことだった。

〈ちから〉や〈みのまもり〉などのパラメータが高いからといって、絶対に安全というわけではない。

状態異常攻撃や俺の知らない特殊な攻撃方法をしてくる魔物だっているかもしれない。

そんな魔物に対応できる装備品があれば安心できるというものだ。

「有希さんの着ているその不死鳥の着物とかはかなりいい効果ですよね」

身につけていれば死んでも一度だけ復活できるという不死鳥の着物。

そういった装備品なら俺も身につけたいのだが。

「これか？　これは親父から貰《もら》ったんだ。ダンジョン探索するならそれくらいの装備は必要だろうってな」

「そうだったんですか」

『有希のお父さんってどんな人なの？』

俺と有希さんの間を飛びながらキューンが口を開いた。

「あたしの親父は仁義に厚い人だな。それと隠し事が大嫌いだ」

『ふ～ん、そうなんだ～。だから有希も隠し事が嫌いなんだね』

「ははは、そうかもな」

と豪快に笑う有希さん。

「そうだ、今度うちに真琴とキューンで来るといい。うちの若い衆と一緒に盛大な歓迎の宴《うたげ》を開いてやるぞ。うまい料理もたくさん用意してやるからな」

『えっ、ほんとっ？　だったらおいら行くよ行くっ。ねぇマスター、マスターも一緒に行こうねっ』

「え……そ、そうだな」

うーん……正直言って、あまり気乗りしないが。

☆　☆　☆

『グヘッグヘッ……』

『グヘッグヘッ……』

『グヘッグヘッ……』

広い空間に出ると、そこには宙を飛び回る三体のガーゴイルの姿があった。

ガーゴイルたちはそれぞれ武器を手にしている。

一体は刀。

一体は長い槍《やり》。

一体は斧《おの》。

おそらくそれらの武器はこのフロアに落ちていたものだろう。

「ちっ。あんなとこを飛びやがって。あれじゃ届かないじゃないかっ。おい、下りてこいっ！」

有希さんが大声を上げるが、ガーゴイルたちは近付いてこようとはせず、天井付近を飛び回り続ける。

「くそっ、だったらこれでどうだっ！」

有希さんはそう言うと左手に持っていた扇子を大きく振った。

すると扇子から真空の刃が放たれる。

びゅんと真空の刃がガーゴイルたちめがけて飛んでいき、一体の背中の翼を斬り裂いた。

『グヘェッ……⁉』

翼を失ったガーゴイルが落下してくる。

有希さんは待ってましたとばかりに、右手に持っていた剣で落ちてきたガーゴイルの脳天を叩《たた》き割《わ》った。

消滅していくガーゴイル。

それを見て逃げ出す二体のガーゴイルたちの背中に向かって俺は、

「スキル、電撃魔法ランク10っ」

と唱える。

その瞬間、俺の手からまばゆい光とともに電撃が放たれた。

電撃はふたまたにわかれ、バラバラに逃げようとしていたガーゴイルたちをとらえる。

『グエェェェー……！』

電撃が体中に行き渡り、一瞬でこと切れたガーゴイルたちが落下しながら消滅していく。

《佐倉真琴のレベルが４９３上がりました》

そしてガーゴイルたちの消滅とともに、ガーゴイルたちが持っていた武器は地面に落ちた。

俺はそれらを拾うと識別魔法をかけて調べる。

＊＊＊＊＊＊＊＊＊＊＊＊＊＊＊＊＊＊＊＊＊＊＊＊＊＊＊＊＊＊

妖刀狗肉《くにく》――呪われた武器。この刀で魔物を倒すとその魔物は消滅することはなく、ただの肉塊と化す。経験値は入らない。

＊＊＊＊＊＊＊＊＊＊＊＊＊＊＊＊＊＊＊＊＊＊＊＊＊＊＊＊＊＊

＊＊＊＊＊＊＊＊＊＊＊＊＊＊＊＊＊＊＊＊＊＊＊＊＊＊＊＊＊＊

魔槍タービュランス――風属性を持った槍。この槍を大きく横になぎ払うと、ランク５相当の真空魔法を放つことが出来る。

＊＊＊＊＊＊＊＊＊＊＊＊＊＊＊＊＊＊＊＊＊＊＊＊＊＊

＊＊＊＊＊＊＊＊＊＊＊＊＊＊＊＊＊＊＊＊＊＊＊＊＊＊

鉄槌《てっつい》の斧――柄の部分を両手で握ると〈ちから〉のパラメータが２５０上がる。両手持ち専用の斧。

＊＊＊＊＊＊＊＊＊＊＊＊＊＊＊＊＊＊＊＊＊＊＊＊＊＊

「……だそうですけど、有希さんはどれか欲しいものありますか？」

「そうだなぁ、その魔槍タービュランスってやつはなかなか使えそうなんだがな……」

ランク５の真空魔法を使えるという武器だ。

スキルが一切ない有希さんにはお似合いの武器かもしれない。

だが、

「あたしは剣術の心得はあるが槍に関してはまったくのド素人なんだ。もったいないがあたしはパスだな」

有希さんは手を払うように振りながら言った。

「そうですか」

『マスターはどれか使ってみたいものはないの？』

とキューンが俺の顔を見る。

「う～ん……」

呪われた武器なんかいらないし、俺だって槍なんか使いこなせない。

斧を両手で持って今さら〈ちから〉のパラメータが２５０程度上がったところでほぼ意味はないし、だったら素手の方が何かと便利な気がする。

「俺も別にいいや」

『そっか～』

「じゃあ持ちきれないし置いていくか」

有希さんが言うので、

「いえ、俺のこのバッグならいくらでもアイテムを入れることが出来ますから、俺がとりあえず持ってますよ」

俺はそれらの武器三点を不思議なバッグの中にしまってみせた。

「おおっ、便利なバッグだなっ」

「はい。これからも何かアイテムを拾ったら俺が預かっておきますよ」

「ああ、それは助かる。頼んだぞ真琴っ」

有希さんは俺の背中をドンッと叩くと惚《ほ》れ惚《ぼ》れするような笑顔でにかっと笑った。

◇　◇　◇

深い魔のダンジョン地下八階で〈ブレッドシード〉という種をみつける。

この種は、土の中に植えると半日で沢山のパンを実らせる木に成長するというアイテムだった。

有希さんは何も食料を持っていないし、俺も持っている食べ物は缶詰とお菓子くらいなので、本当にパンが木になるのならあとで休憩する時にでも使ってみようという話になった。

キューンも『食べてみたいっ』と目を輝かせていた。

◇◇◇

深い魔のダンジョン地下九階にて、先頭を歩いていた有希さんの足元からデスアントライオンが前足を伸ばし襲ってきた。

「有希さんっ」という俺の声に反応した有希さんは、すぐに後ろに飛《と》び退《の》いて間一髪かわす。

蟻地獄の中にいたデスアントライオンめがけて有希さんが竜宮の扇子を大きく振った。

それにより真空魔法が発動し、真空の刃がデスアントライオンに向かって飛んでいく。

するとデスアントライオンはとっさに地中に潜って真空の刃をやり過ごし、次の瞬間、蟻地獄の中から飛び出て、前足を振り上げながら有希さんに攻撃を仕掛けてきた。

『有希っ』

「問題ないっ！」

有希さんはキューンの呼びかけに答えるように叫ぶと、持っていたなまくらソードでデスアントライオンの横っ腹めがけフルスイングした。

『グエェッ……！』

有希さんの打撃はクリーンヒット。

デスアントライオンは壁に激突すると力なく地面に倒れた。

『グ、ググ……』

「銀次たちの仇だっ！」

有希さんは竜宮の扇子で倒れているデスアントライオンを一閃《いっせん》。

斜めに斬り裂かれたデスアントライオンが消滅していった。

……まあ実際は、今のデスアントライオンが銀次さんたちの命を奪った個体というわけではないのだが、有希さんからしたらデスアントライオンすべてが憎いのかもしれないな。

◇◇◇

地下九階では帰還石を拾うことが出来た。

帰還石は名前の通りダンジョンから地上へと帰還できるアイテムだが、俺自身、帰還魔法という魔法を覚えているので、もしかしたら今後は不要なものとして売ることになるかもしれない。

俺はとりあえずそれを不思議なバッグにしまった。

◇◇◇

深い魔のダンジョン地下十階。

＊＊＊＊＊＊＊＊＊＊＊＊＊＊＊＊＊＊＊＊＊＊＊＊＊＊＊＊＊＊＊

バロンドール――人形タイプの魔物。手に持ったマントをかざすことで魔法を跳ね返すことが出来る。まれにベヒーモスを呼び寄せることもある。

＊＊＊＊＊＊＊＊＊＊＊＊＊＊＊＊＊＊＊＊＊＊＊＊＊＊＊＊＊＊＊

マントを持ち、闘牛士のような出《い》で立《た》ちのバロンドールと対峙《たいじ》する有希さん。

有希さんは舌舐めずりしてバロンドールの様子をうかがっている。

毎度のことながら俺は有希さんから手を出すなと言われているので、少し離れたところからキューンと一緒に黙って見ていた。

これまで俺が一緒に行動してきたプレイヤーの人たちとは違って、有希さんはかなり好戦的な人なので、出来る限り魔物は自分で倒したいのだそうだ。

また、いくら魔物相手とはいっても二人がかりで倒すのは卑怯《ひきょう》だという考えを持っているらしく、俺は「そこで見ていろよっ」と有希さんにしっかりと念押しされていた。

「はぁっ！」

有希さんが先に仕掛けた。

左手に持っていた扇子を振り上げ、真空の刃をバロンドールめがけて放つ。

すると、バロンドールはマントをひらりとさせて真空の刃を有希さんに跳ね返した。

「はっ！　はぁっ！」

だが、有希さんはそんなことはお構いなしに扇子を何度も振りかぶる。

両者の間で真空の刃が行き来して、それぞれがぶつかり合い、相殺されていく。

と、

『ッ⁉』

直後、バロンドールが目を見張った。

というのもさっきまでいた場所に有希さんの姿はもうなかったからだ。

すでに横から回り込んでいた有希さんはバロンドールの懐に潜り込んでいた。

「くらえっ！」

心臓部分に力任せに剣を突き刺す有希さん。

剣はバロンドールの体を見事貫通する。

カタカタと小刻みに震えながらバロンドールはそのまま消滅していった。

「どうだっ、見てたかっ」

有希さんは楽しそうに俺を振り返り見る。

「はい、見てましたよ」

『有希、なかなかやるじゃん』

俺とキューンが答えると有希さんは満足げにうなずいた。

うーん……有希さんが積極的に魔物を倒すのはいいんだけど、それだと俺のレベルが全然上がらないんだよなぁ。

これまでの同行者とは明らかに違う有希さんを見つつ、俺は心の中でそうつぶやいていた。

☆　☆　☆

深い魔のダンジョン地下十一階。

「あのう、今さらなんですけど有希さん。一度ダンジョンセンターに戻ってみるっていうのはどうですかね？」

「なんだいきなり」

俺は有希さんに提案する。

「ほら、俺たちの目的ってエクゾディア探しでしょ。でももしかしたらほかのプレイヤーがエクゾディアをみつけてダンジョンセンターに売ってるかもしれないじゃないですか」

「それをダンジョンセンターから買うってことか？」

「そうです。いつまでかかるかわからないダンジョン探索を続けるよりも、全国のダンジョンセンターに連絡をとってもらって、それを買い取った方が早いんじゃないですかね」

ダンジョンセンターでは一方通行の買い取りだけではなく、願い出ればこちら側がアイテムを買うことも出来る。

いつ手に入るかわからないエクゾディアを延々と探し続けるよりも、その方が効率がいい気がするのだが……。

「ふん……まあ、それも一理あるか」

口元に手を当てて考え込む有希さん。

すると、

「真琴。一応訊くが、まさかあたしを厄介払いしようって魂胆じゃないよな」

有希さんは鋭い目つきでギロッと俺を見た。

「ま、まさか。そんなこと考えてませんよ」

「そうか、そうだよな。疑ってすまなかったな、真琴」

「い、いえ、別に……」

少しだけ考えていたとは口が裂けても言えない。

「確かにあたしとしても早く銀次たちを生き返らせてやりたいからな、ダンジョンセンターで手に入るならそれでもいいが」

有希さんは続ける。

「だがいくらで手に入れることが出来るんだ？　あたしもそんなに金に余裕があるわけじゃないからな、支払うにしても二億円が限度だぞ」

「さあ、それは俺にもわからないです。ダンジョンセンターで訊いてみないと」

「ふむ……悩みどころだがせっかく地下十一階まで下りてきたんだ、このダンジョンだけでも探索しつくそうじゃないか」

と有希さん。

「それからダンジョンセンターに行って訊けばいい」

「そうですか、わかりました」

なんとしてでもエクゾディアを手に入れないと、ずっと有希さんと一緒に冒険することになる。

別に有希さんが嫌というわけではないが一人の方が気楽でいい。

『マスターどうかした？』

キューンが俺の顔を覗き込んできた。

おっと、キューンは別だ。

こいつは魔物だから特に気を遣う必要はないし、いても気にならない。

「なんでもないよ、キューン。じゃあ先を急ぎましょうか、有希さん」

「ああ、そうしよう」

『おーっ』

◇◇◇

その後——

＊＊＊＊＊＊＊＊＊＊＊＊＊＊＊＊＊＊＊＊

労《ねぎら》いの杖《つえ》——手に持ちながら回復魔法を唱えると、どんなランクでもランク10相当の回復魔法になる。

＊＊＊＊＊＊＊＊＊＊＊＊＊＊＊＊＊＊＊＊＊＊＊＊＊＊＊＊

＊＊＊＊＊＊＊＊＊＊＊＊＊＊＊＊＊＊＊＊＊＊＊＊＊＊＊＊

ヤヌスの手鏡――この鏡に十秒間映し続けた者の分身を作ることが出来る。分身に命令することも出来るが、分身は一定のダメージを受けると消える。

＊＊＊＊＊＊＊＊＊＊＊＊＊＊＊＊＊＊＊＊＊＊＊＊＊＊＊＊

地下十一階で俺たちは労いの杖とヤヌスの手鏡を手に入れる。

使い道も特にないので、とりあえずそれらを不思議なバッグの中にしまうと、俺たちはアイテム探しを続けた。

◇◇◇

深い魔のダンジョン地下十二階。
階段を下りてそうそうバロンドール三体に出くわした。

バロンドールたちは持っていたマントを翻し、何かを呼び込むような動作をしてみせる。
するとその直後——

『ウゴオオオオーッ!!』
『ウゴオオオオーッ!!』
『ウゴオオオオーッ!!』

黒光りした筋肉質の肌を持つ四足歩行の大型魔獣、ベヒーモスが三体、雄たけびを上げながら部屋に駆けこんできた。

＊＊＊＊＊＊＊＊＊＊＊＊＊＊＊＊＊＊＊＊＊＊＊＊

ベヒーモス——高い攻撃力と守備力を誇る獣タイプの魔物。黒光りした体毛と二本の長い牙が特徴。電撃魔法に強い耐性がある。

＊＊＊＊＊＊＊＊＊＊＊＊＊＊＊＊＊＊＊＊＊＊＊＊

『ウゴオオオオーッ!!』
『ウゴオオオオーッ!!』
『ウゴオオオオーッ!!』

バロンドールたちによって呼び寄せられた三体のベヒーモスの咆哮《ほうこう》で空気が振動する。

「はっ、これは壮観だな」

体長が五メートル以上ありそうなベヒーモス三体を前にして、楽しそうに笑みを浮かべてみせる有希さん。

「有希さんっ。ベヒーモスは俺がやるんで、有希さんはバロンドールたちをお願いしますっ」

バロンドールはベヒーモスを呼び寄せる能力があるので、有希さんに倒してもらおうとしたのだが、

「馬鹿言うなっ。あたしがこいつら全員相手にしてやるから真琴は引っ込んでなっ」

有希さんは俺の申し出を断るとベヒーモスたちに向かって駆け出した。

「そんな無茶な……」

いくら有希さんが戦闘慣れしているといっても、ベヒーモス三体とバロンドール三体の計六体の相手を同時にするのはさすがに無理がある。

かといって俺が手を出したら有希さんは間違いなく怒るだろう。

そうこうしている間にも有希さんは左側にいたベヒーモスの巨体に力いっぱい剣を振り当てた。

『ウゴオオオー……！』

ベヒーモスが悲鳴を上げてひるむ。

だが有希さんの持つ剣がなまくらなせいか、致命傷には至っていない。

『ウゴオオオオーッ!!』

『ウゴオオオオーッ!!』

残る二体のベヒーモスが有希さんに牙をむいた。

「はぁっ！」

有希さんは左手に持った扇子を瞬時に振り上げ、真空の刃を襲い来るベヒーモスたちに連続で飛ばす。

『ウゴオオオー……！』

『ウゴオオオー……！』

真空の刃によってベヒーモスたちの突進の勢いは弱まるも、完全に動きを止めることはかなわず、ベヒーモスたちは有希さんに体当たりをくらわせた。

「がぁっ……！」

ベヒーモス二体による体当たりをくらい、有希さんが壁に飛ばされる。

「有希さんっ」

『有希っ』

『ウゴオオオオーッ‼』

『ウゴオオオオーッ‼』

『ウゴオオオオーッ‼』

ベヒーモスたちはほとんどダメージを受けてはいない。

それどころかさっきよりいきり立っている。

「くっ……まだまだっ」

有希さんは剣を地面に突き立てて立ち上がりやる気を見せるが、やはり一人では荷が重そうだ。

しかも厄介なことに、バロンドールたちがまたもやマントを翻してベヒーモスを呼び寄せようとしている。

　これ以上静観していたらさすがに有希さんが死んでしまうかもしれない。

「有希さん、助太刀しますよっ。いいですねっ」

「まだだっ！　まだあたしはやれるぞっ！」

　有希さんは声を上げた。

「だとしても一人でやるのは無理ですって」

「無理かどうかやってみなければわからないだろうがっ。いいか真琴、手出しなんかしたら一生恨むからなっ！」

　有希さんは俺に一瞥《いちべつ》をくれるとベヒーモスたちに向かっていく。

「まったくあの人は……本当に死んでも知らないぞ」

『マスター、だったらおいらがやろうか？　マスターは止められたけどおいらは何も言われていないからさ』

「うーん……」

　俺はあらためてキューンを眺める。

『？』

　首をかしげているキューンはかなり小さい。

　とてもベヒーモスをどうにか出来るようには見えない。

『なあに、マスター？』

「いや……」

とその時、

「ぐあぁっ……！」

有希さんの声が上がった。

見ると有希さんはベヒーモスの長い牙で胴体を貫かれていた。

大量の血を口から吐き出す有希さん。

ベヒーモスは有希さんの体を壊れたおもちゃのように放り捨てると、俺とキューンに向き直る。

有希さんは目から生気が失われ、地面に倒れたままぴくりともしていない。

『マスター、有希が死んじゃったよっ』

「大丈夫だ。不死鳥の着物があるから死んでも――」

そこまで言うと有希さんの体が浮かび上がった。

そして、紅《あか》い炎が燃え上がると有希さんの傷口が塞がっていく。

「がはっ……!!」

有希さんが血を吐きながらも息を吹き返した。

だが、その有希さんをまたもベヒーモスたちが狙っている。

『有希生き返ったけどこのままじゃまた死んじゃうよっ。マスター、おいら助太刀してもいいでしょ』

「ああ、わかった。好きにしろ」

『やったーっ。おいらの強さ、はじめてマスターに見せられるぞっ』

言うとキューンは俺から離れて、有希さんとベヒーモスたちの間に割って入っていった。

俺はその間に有希さんの口に薬草を押し込む――

『グオオオーッ‼』

キューンが大声を上げ体を震わせる。

「――えっ⁉　キ、キューン……⁉」

俺は思わず二度見をしていた。

『グオオアアァァァーッ！！』

轟《とどろ》く咆哮。

俺が驚くのも無理はなかった。

なぜなら、キューンは俺の見ている前でその小さな体を一瞬にして体長十メートルをゆうに超える白い巨竜へと変えたのだから。

◇◇◇

体をかがめているが、それでも天井に頭がつきそうなくらい巨大化したキューンが、

『グオオアアァァァーッ！！』

と咆哮を上げる。

翻訳まんじゅうの効果はどこに行ったんだというくらい、普段とは違ってまったく言葉が理解できない。

『グオオアアァァァァーッ！！！』

次の瞬間、キューーンは口から灼熱《しゃくねつ》の炎を吐いた。

ベヒーモス三体とその後ろにいたバロンドール三体を炎が飲み込む。

一瞬にして焼き尽くされるバロンドールたち。

ベヒーモスも二体が消滅した。

だが一体だけは、からくも消滅だけはまぬがれていた。

『ウゴオオオオーッ……!!』

ボロボロになりながらもキューーンへと突進を仕掛けていくベヒーモス。

キューーンはその突進を正面で受け止めると、

『グオオオアアァァァァーッ！！！』

これを力で投げ飛ばした。

そして地面に倒れたベヒーモスをキューーンが踏みつぶすとベヒーモスは消滅していく。

魔物たちを倒し終えたキューーンは今までの戦いぶりが嘘のように小さな体に戻ると、俺のもとへと飛んできた。

『どうだった、マスター。おいら強いでしょ』

「そうだな。びっくりしたよ」

『有希も大丈夫？』

「……あ、ああ。平気だ」

呆気にとられていた有希さんだったが、キューーンの問いかけに我に返って返事をする。

俺が食べさせた複数枚の薬草のおかげで有希さんは元気を取り戻していた。

「すまないキューン、助かった」

有希さんがキューンに声をかける。

さらに俺を見て、

「真琴も悪かった。あたし一人でやるつもりだったが無謀だったようだ」

少しだけ頭を下げる。

「いえ、別にいいですよ」

何はともあれみんな無事だったわけだし、有希さんもこれで無茶な行動はさすがに控えてくれるだろう。

「それにしてもキューン、お前本当はあんなに大きいんだな」

「ああ、あたしも驚いたぞ」

『へへへっ……あ、マスター。ドロップアイテムがあるよっ』

キューンは声を上げると落ちていたアイテムを拾いにいった。

『ほら、見て見てマスターっ』

黒い毛糸玉のようなものを持って戻ってくる。

「おっ、そのアイテムは……」

キューンが拾ってきたアイテムは前にも見た覚えがある。

「たしか、ベヒーモススレッドだったかな」

念のため識別魔法で確認してみると――

＊＊＊＊＊＊＊＊＊＊＊＊＊＊＊＊＊＊＊＊＊＊＊＊＊＊＊＊

ベヒーモススレッド——生成魔法で武器や防具を作る際の素材として用いられる。非常にしなやかで柔軟。電気に強い耐性がある。

＊＊＊＊＊＊＊＊＊＊＊＊＊＊＊＊＊＊＊＊＊＊＊＊＊＊＊＊

やはりそのアイテムはベヒーモススレッドという生成素材となるアイテムだった。

「なんなんだ？　生成魔法っていうのは？」

有希さんが訊ねてきた。

「えっと、見てもらった方が早いので今から使ってみせますね」

言うと俺はベヒーモススレッドを右手に持って、

「スキル、生成魔法ランク10っ」

と唱える。

すると俺が唱え終えた瞬間、ぱあぁぁっとベヒーモススレッドが光を放ち、輝き出した。

その光は俺の手の上で形を変えていく。

そして光が消えたと思ったら、俺の手の上には黒い光沢のあるアクセサリーが出来上がっていた。

＊＊＊＊＊＊＊＊＊＊＊＊＊＊＊＊＊＊＊＊＊＊＊＊＊＊＊＊

黒の髪飾り――身につけていると電気攻撃を完全に無効化することが出来る。

＊＊＊＊＊＊＊＊＊＊＊＊＊＊＊＊＊＊＊＊＊＊＊＊＊＊＊＊＊＊

「おおっ、アイテムが変化したぞっ」

「はい。生成魔法は素材となるアイテムを武器や防具に生まれ変わらせる魔法なんです」

「それは面白いなっ。ちょっとその髪飾り見せてもらってもいいか？」

言うが早いか、有希さんは俺の手の上にあった黒の髪飾りを手に取ってよく見る。

「それを装備していれば電気を無効化できるそうですよ」

「そうか、それはいいな」

髪飾りだから女性用かな？

そう思い俺は、

「よかったらあげますよ」

そう口にした。

「ん、あたしにくれるのか？」

「はい」

「おお、それはすまないな。じゃあ早速つけてみるか」

言いながら有希さんは黒の髪飾りを自分の髪につける。

「どうだ？」

「ええ、よく似合ってますよ」

『有希、かっこいい〜』

顔立ちがいいからアクセサリーも映えるというものだ。

「ははっ、そうだろうキューン」

バシッとキューンの背中を叩く有希さん。

これで言動もおしとやかだったら、さぞかしモテることだろう。

◇◇◇

深い魔のダンジョン地下十五階にて、俺たちは休憩をとることにした。

通路の行き止まりに透明テントを張ると、俺と有希さんとキューンは中に入る。

ブレッドシードを地中に埋めるのも忘れない。

土の上からミネラルウォーターをかけておいた。

これで半日もすればパンのなる木が大きく育つはずだ。

『おやすみ〜』

お菓子を三つむしゃむしゃ食べてから、キューンが一足先に眠りにつく。

俺と有希さんはまだ缶詰を一つ開けたところだった。

焼き鳥を口に運びながら、

「これ美味《おい》しいな」

有希さんが言う。

「缶詰は初体験だがこんなに美味しいなら今度買ってみるか」

「有希さんって缶詰食べたことなかったんですか？」

「ああ。うちの食事は若い衆が作る決まりになっているからな。缶詰なんて出したら親父が怒り狂うだろうな」

「へ、へ〜」

有希さんは普通の家庭環境で育ってきたわけではないらしく、少しばかり浮世離れしているようだ。

「あ、よかったらお菓子もどうぞ」

俺はポテトチップスとチョコを差し出してみた。

「おお、悪いな。それにしてもお菓子を食事代わりにするなんて、あたしのうちでは考えられないことだ。なんか悪いことをしているようでわくわくするな」

「はあ、そうですか」

有希さんは無邪気に笑う。

その姿は年相応の可愛《かわい》らしい女性に見えなくもない。

◇◇◇

「じゃあ俺もちょっと寝るんで、有希さんも食べ終わったら適当に寝てくださいね」

食事に満足した俺はそう告げて横になろうとする。が、

「おい、ちょっと待て真琴」

有希さんに止められる。

「はい？　なんですか？」

「あたしと真琴がこのテントの中で一緒に寝るのか？」

有希さんは真剣な顔で問うてきた。

「一緒っていうか、まあそうですけど」

「それは断じて認められないっ」

「え？　なんでですか？　このテント結構広いから二人くらいは余裕ですよ」

「そういう問題じゃないっ。結婚前の男と女がこんな狭い密室で寝るなんておかしいだろうがっ」

有希さんは声を大にする。

「別に狭くないですけど――」

「だからそういう問題じゃないと言っているんだっ。真琴の常識はどうなっているんだまったく……もういい真琴が先に寝ろ。あたしは真琴が起きたらそれから横になるっ」

少しだけ頬を赤らめた有希さんは、それだけ言うと焼き鳥の缶詰を黙々と食べ始めた。

「はあ……わかりましたよ。それでいいならそうしましょうか」

古風な考えを持った有希さんにいちいち反論するのも面倒なので、俺は先に眠らせてもらうことにした。

◇◇◇

六時間後、俺とキューンが目を覚ますと有希さんはあぐらをかいて腕組みをしながらただ起きていた。

「二人とも目が覚めたようだな」

「はい。ていうかほんとに起きてたんですね」

「そう言っただろ。じゃああたしは寝るからな、おやすみっ」

「はい、おやすみなさい」

『有希、おやすみ～』

すぅ……。

有希さんが寝入ったのを確認してから、

「キューン。お前、有希さんのこと苦手とか言ってなかったか？　見た感じそういう風には感じないけど……」

キューンに向き直る。

『うん、最初は苦手かもって思ったんだけど、有希って思ったことははっきり言うし嘘もつかないし、何よりおいらのことをマスコットみたいな感じじゃなくて一人の仲間として受け入れてくれているからね。おいら有希のこと好きだよっ』

「ふーん。そういうもんなのか」

『出来ることならマスターと有希とおいらでこのままずっと一緒にいたいくらいだよ』

「そ、そうか」

俺はあまり気が進まないが……。

『ねぇマスター、それよりもパンまだ出来ないかな～？』

キューンがうずうずしながら訊いてくる。

よほど楽しみらしい。

「半日かかるみたいだからまだだろ。有希さんが起きる頃には多分木にパンが沢山なっているはずだよ」

自分で言っていてちょっと信じられないが、パンのなる木というからには本当にパンが出来るのだろう。

『おいら二つ食べていい？　あ、やっぱり三つ食べたいな～』

「好きにしろよ。出来てみないとわからないけど好きなだけ食べればいいさ」

『ほんとっ？　やったーっ』

キューンは宙がえりして喜びを表現してみせた。

☆　☆　☆

『マスター、見て見てっ！』

キューンがテントの入り口を開けて外を見ながら言う。

「ん？　どうした？」

『木にパンがなってるよっ！』

「お、本当かっ？」

俺は確認のためテントを出た。

「おおーっ。すごいな、これは」

するとテントの横には大きな木がそびえ立っていて、その枝には一口サイズのロールパンが数多く実っていたのだった。

『わ〜い、わ〜い』

木の周りを飛び回るキューン。

「これ、全部はとてもじゃないけど食べ切れそうにないなぁ」

ざっと見ただけでも百個以上はありそうだ。

とそこへ有希さんも起きてくる。

テントから出て大木を目にした有希さんは「おおっ、なんだこれはっ！」と目を見開いた。

『パンの木さっ。さっき見たら本当にパンが出来ていたんだよっ』

「ふむ、起きがけでお腹《なか》もすいているしちょうどいいな。早速食べるとするか」

と腹をさすりながら有希さん。

『うんっ。おいら沢山食べるんだっ』

言うと、キューンは飛び上がって高いところについているパンをもぎ取ると一心不乱に食べ始める。

「じゃあ、あたしももらうぞ」

有希さんも手を伸ばしてパンをつかみ取るとそれを頬張った。

「ふんふん。これ、中身はあんこだぞ」

有希さんが俺を見て言う。

『おいらのはチョコとクリームが入ってるよっ』

キューンもパンをもぐもぐ食べながら伝えてきた。

「へー。いろんなのがあるんだな」

言いつつ俺も一つとって口に運ぶ。

「うん。これはリンゴジャムだ」

俺のとったパンはジャムパンだった。

俺たちがパンに舌つづみを打っているとその時――

『ウゴオオオオーッ!!』

ベヒーモスが俺たちの姿に気付いて突進してきた。

だが俺は慌てることなく、

「スキル、火炎魔法ランク10っ」

火炎魔法を唱えた。

伸ばした右手から巨大な炎の玉が飛び出してベヒーモスに向かっていく。

その炎の玉により一瞬で焼失したベヒーモス。

《佐倉真琴のレベルが462上がりました》

レベルアップを告げる機械音声を聞き流しつつ、俺はパンをごくんと飲み込んだ。

☆　☆　☆

『ふぅ～……おいら、もうお腹いっぱいだよ～』

「そりゃそうだろ」

キューンは大木になっていた百個以上のパンをすべてたいらげたのだった。

小さな体の一体どこに入ったのか不思議なくらいだ。

ちなみに俺と有希さんはそれぞれ二つずつパンを食べた。

「さて、休憩もとったし食事も済ませたしそろそろ行きましょうか」

「そうだな。あたしたちの目的はあくまでエクゾディアだからなっ」

『よ～し、しゅっぱーつっ』

俺たちは再びアイテム探しをしながら、ダンジョンを下へ下へと下りていく。

◇◇◇

***********************

飛翔石――左手で握るとランク1相当の飛翔魔法と同程度、宙に浮くことが出来る。

＊＊＊＊＊＊＊＊＊＊＊＊＊＊＊＊＊＊＊＊＊＊＊＊＊

俺たちは深い魔のダンジョン地下十六階で飛翔石を、

＊＊＊＊＊＊＊＊＊＊＊＊＊＊＊＊＊＊＊＊＊＊＊＊＊

旅するバンダナ――身につけていると現在いるダンジョンがクリアされているかどうかがわかる。バンダナが赤く変色すれば未踏破ダンジョン、青く変色すればクリア済みダンジョンと区別できる。

＊＊＊＊＊＊＊＊＊＊＊＊＊＊＊＊＊＊＊＊＊＊＊＊＊

地下十七階で旅するバンダナを、

＊＊＊＊＊＊＊＊＊＊＊＊＊＊＊＊＊＊＊＊＊＊＊＊＊

六連鞭《ろくれんべん》――ろくまたにわかれた鞭。威力は非常に高いが使いこなすのは至難の業。

＊＊＊＊＊＊＊＊＊＊＊＊＊＊＊＊＊＊＊＊＊＊＊＊＊＊＊＊＊

地下十八階で六連鞭を手に入れた。

◇◇◇

そして地下十九階にて、俺たちはモンスターハウスに足を踏み入れてしまっていたのだった。

俺たちの目の前には、魔物の群れが押し寄せていた。

＊＊＊＊＊＊＊＊＊＊＊＊＊＊＊＊＊＊＊＊＊＊＊＊＊＊＊＊＊

チキンファイター――顔は鳥、体は人型の魔物。格闘術をマスターしている。一定程度ダメージを受けると逃げ出す。弱点は電撃魔法。

＊＊＊＊＊＊＊＊＊＊＊＊＊＊＊＊＊＊＊＊＊＊＊＊＊＊＊＊＊

＊＊＊＊＊＊＊＊＊＊＊＊＊＊＊＊＊＊＊＊＊＊＊＊＊＊＊＊＊

二角獣――その名の通り頭に二本の角を生やした魔獣。一角獣の上位種。

＊＊＊＊＊＊＊＊＊＊＊＊＊＊＊＊＊＊＊＊＊＊＊＊＊

＊＊＊＊＊＊＊＊＊＊＊＊＊＊＊＊＊＊＊＊＊＊＊＊＊

女王スライム――〈ちから〉のパラメータはおそろしく高いが、逃げるだけで一切攻撃はしてこない。獲得経験値はやや高め。

＊＊＊＊＊＊＊＊＊＊＊＊＊＊＊＊＊＊＊＊＊＊＊＊＊

＊＊＊＊＊＊＊＊＊＊＊＊＊＊＊＊＊＊＊＊＊＊＊＊＊

サラマンダー――小さなドラゴンタイプの魔物。炎を身にまとっていて、炎攻撃を無効化する。弱点は水流魔法。

＊＊＊＊＊＊＊＊＊＊＊＊＊＊＊＊＊＊＊＊＊＊＊＊＊

「有希さんは下がっててくださいっ。キューン、有希さんを頼むっ」

『任せといてっ』

有希さんを通路まで下がらせると、俺は大部屋の入り口で魔物たちを迎え撃つ。

俺と同程度の背丈のチキンファイターが間合いを詰めてくると、パンチの連打を放ってきた。

さらに横からは二角獣とサラマンダーがそれぞれ襲い来る。

俺はチキンファイターのパンチを腕でガードしつつ、横から迫ってきた二角獣の角を掴んで振り回した。

その振り回し攻撃により、チキンファイターとサラマンダーがふっ飛んでいく。

俺は二角獣をそのまま魔物の群れの中に投げ飛ばすと、詰め寄っていた別のチキンファイターに左拳による一撃をくらわせた。

パンチを受け、チキンファイターの上半身が吹き飛び、消滅する。

その時、

『ガアアァァッ！』

頭上にいたサラマンダーが口から火を吹いた。

俺はとっさに顔の前で腕をクロスさせてこれを耐えきると、すぐさま跳び上がりサラマンダーを手刀で真っ二つにする。

そのまま宙に跳び上がった状態で俺は、

「スキル、氷結魔法ランク10っ」

と唱えた。

刹那、部屋にいたすべての魔物が凍りついた。

と思った矢先、サラマンダーだけは氷を全身の炎で溶かして動き出す。

復活したサラマンダーたちの吹いた火が幾重にも重なって俺に向かってきた。

「ぐあぁっ……」

いくら【魔法耐性（強）】があるといっても、ダメージがゼロになるわけではない。

俺はサラマンダーたちの攻撃により、上半身の服を焼失し、軽いやけどを負ってしまう。

「このっ……スキル、電撃魔法ランク10っ！」

炎も氷も効かないサラマンダーたちに俺は電撃魔法をお見舞いした。

バリバリバリィィィ!!

部屋の中に複数いたサラマンダーたちそれぞれに、鋭い電気の槍が突き刺さるかのごとく、稲妻がサラマンダーたちの体を貫いた。

消滅していくサラマンダーたち。

《佐倉真琴のレベルが２１６４上がりました》

レベルアップを告げる声を聞きながら、俺は氷漬けになっていたほかの魔物たちも次々と破壊していく。

その結果、俺のレベルは５５５５にまで飛躍的に上がった。

＊＊＊＊＊＊＊＊＊＊＊＊＊＊＊＊＊＊＊＊＊＊＊＊＊

名前：佐倉真琴
レベル：5555
HP：17227５／320388　MP：151743／285101
ちから：30107
みのまもり：282573
すばやさ：264867
スキル：経験値1000倍
：レベルフリー
：必要経験値1／3000

：魔法耐性（強）
：魔法効果10倍
：状態異常自然回復
：即死無効
：火炎魔法ランク10
：氷結魔法ランク10
：電撃魔法ランク10
：飛翔魔法ランク10
：転移魔法ランク10
：識別魔法ランク10

：生成魔法ランク10
：帰還魔法ランク10
：レベル消費

＊＊＊＊＊＊＊＊＊＊＊＊＊＊＊＊＊＊＊＊＊＊＊＊＊＊

俺は部屋の中に落ちていたアイテムを三つ拾い上げると、有希さんとキューンのもとへ戻る。

「さすがだな、真琴。あの数の魔物を一人で、しかも軽々と倒してみせるとは」

『マスター、かっこいいっ』

「軽々といっても服は焼けちゃいましたけどね……それよりアイテムを三つみつけましたよ。もとから落ちていたのか、魔物のドロップアイテムかわかりませんけど」

「どんなアイテムなんだ？」

有希さんが俺の持っているアイテムに目をやった。

「えっと、一つはエリクサーですね。あとのはちょっと待ってください」

俺は新たな服を着てから、識別魔法で残りのアイテムを調べると、有希さんに教えてやる。

＊＊＊＊＊＊＊＊＊＊＊＊＊＊＊＊＊＊＊＊＊＊
チキンファイターの肉――食べると三日間お腹が減らなくなる。
＊＊＊＊＊＊＊＊＊＊＊＊＊＊＊＊＊＊＊＊＊＊
＊＊＊＊＊＊＊＊＊＊＊＊＊＊＊＊＊＊＊＊＊＊
フェイクミラー――呪われたアイテム。この鏡で映したアイテムを増やせる。増やしたアイテムをさらに増やすことも可能。ただし映したオリジナルのアイテムは消滅してしまい、増えたアイテムも一分で消滅してしまう。
＊＊＊＊＊＊＊＊＊＊＊＊＊＊＊＊＊＊＊＊＊＊

「……だそうです」

「ふーん、なるほどな。わかったよ」

有希さんはあまり興味なさそうに返した。

やはり目当てはどんな願いでも叶えてくれるエクゾディアだけのようだ。

◇◇◇

深い魔のダンジョン地下十九階を歩き回り、さらにエリクサーを二つ手に入れた俺たちは、地下二十階への階段の前で足を止めていた。

というのもこれまでの経験上、地下二十階にそのダンジョンのボスがいることが多いからだ。

「有希さん、もしボスがいても無茶はしないでくださいね」

「わかってるさ。もう勝手に敵に向かっていったりはしないよ、真琴に任せる」

「そうですか」

その言葉を聞けて安心した。

ランクFのダンジョンのボスくらい俺なら問題ないだろうが、有希さんを守りながらでは不安だからな。

「では一応気を引き締めていきましょうか」

「ああ」

『おーっ』

こうして俺たちは地下二十階へと繰り出した。

☆　☆　☆

深い魔のダンジョン地下二十階。

「間違いないですね」

「ああ、間違いないないな」

『うん、間違いないよっ』

地下二十階に下りた瞬間に感じたうすら寒い気配。

間違いなくこのフロアにボスがいる。

そう確信しながら俺たちはフロアを慎重に進んだ。

◇◇◇

三十分が経過した。

だが、いまだボスはおろか魔物にも遭遇していない。

「どういうことだ……？」

「ボスがいる感覚はあるんですけどね……」

『どこにいるんだろうね～』

「ていうか、ここの道さっき通りませんでしたっけ？」

「そうか？　じゃあ向こうに行ってみるか。まだあっちは行ってないだろ」

同じような通路をずっと歩き回っている感じだった。

もしかして迷子になったのでは……？

一瞬そう思うも、事実と認めてしまうような気がして俺は口には出さなかった。

「おっ。明かりが見えるぞっ！」

有希さんが声を上げた。

『ほんとだっ！』

キューンも前方を指差して言う。

二人の言う通り、確かに通路の先にはまばゆい明かりが見えていた。

よかった。まだ足を踏み入れていない場所があったようだ。

だが安心すると同時に、そこにはボスがいるであろうことも容易に想像できた。

「有希さん待ってください。キューンも。俺が先に行ってみます」

「ああ、そうだな。頼む真琴」

『おいらは別に大丈夫だけど、マスターの言うことだから従うよ』

俺が先頭に立って通路を進んでいく。

すると明かりは徐々に強くなっていく。

そして、そのまま歩いていくと広い空間に出た。

しかし、そこにボスの姿はなかった。

その代わりと言ってはなんだが、部屋の中央には宝箱が一つ置かれていた。

明かりを放っていたのは金色に光るその宝箱だった。

「これ、ずいぶん仰々しい感じに置かれてますよね」

「レアアイテムかもな」

『もしかしてエクゾディアじゃないっ？』

キューンが色めき立つ。

「キューン。いくらなんでもそれはないんじゃないか？」

「そうだな。あたしもそんな簡単にみつかるとは思っていないぞ」

言いつつ、俺も有希さんも心拍数が上がっていくのを感じていた。

「キラーボックスっていう魔物の可能性もあるので俺が開けますね」

キラーボックスが宝箱に扮《ふん》していた前例もあるので俺が名乗りを上げる。

『マスター、気をつけてね』

「ああ、わかってる」

俺は有希さんとキューンが見守る中、金色の宝箱に手を伸ばした。

力を込めて開ける。と――

『ギャギャギャギャギャギャギャッ!!』

金色の宝箱は突如襲いかかってきた。

俺はとっさに後ろに飛び退いて、金色の宝箱のかみつき攻撃をかわした。

＊＊＊＊＊＊＊＊＊＊＊＊＊＊＊＊＊＊＊＊＊＊＊＊＊＊＊

ゴールデンキラーボックス――深い魔のダンジョンのボス。普段は宝箱に扮している。防御力が異常に高く即死魔法を多用する厄介な魔物。

＊＊＊＊＊＊＊＊＊＊＊＊＊＊＊＊＊＊＊＊＊＊＊＊＊＊＊＊

「魔物だったかっ」

「こいつは即死魔法を使うみたいですから、有希さんとキューンは下がっててっ！」

二人に指示を出すと、俺はゴールデンキラーボックスに向き直る。

と、ゴールデンキラーボックスが体を震わせ魔法を発動させていた。

細長い針のようなものが俺の胸に突き刺さる。

おそらくこれがゴールデンキラーボックスによる即死魔法なのだと理解した俺だったが、あいにく俺には【即死無効】のスキルがあるため痛くもかゆくもなかった。

「おらぁっ」

だが有希さんとキューンは違う。

二人が狙われたらまずいので、俺は速攻でゴールデンキラーボックスを葬り去ろうと距離を詰めつつ殴りかかる。

防御力に自信がある様子で、ゴールデンキラーボックスはそれまで不敵な笑みを見せていたが、俺の拳が自身の体にめり込んだ瞬間、その笑みは体もろとも崩れ去った。

俺の一撃によってバラバラになったゴールデンキラーボックス。

『ギャ……』

最期にひと鳴きすると消滅していった。

《佐倉真琴のレベルが5312上がりました》

ゴールデンキラーボックスがドロップした宝石のように光るアイテムを拾うと、それを識別魔法で確認する。

＊＊＊＊＊＊＊＊＊＊＊＊＊＊＊＊＊＊＊＊＊＊＊＊＊＊＊＊＊＊＊＊＊

大天使の涙石――願いを込めて割ることで、死者を一人だけ完全な状態で復活させることが出来る。

＊＊＊＊＊＊＊＊＊＊＊＊＊＊＊＊＊＊＊＊＊＊＊＊＊＊＊＊＊＊＊＊＊

「おわっ⁉　有希さん、これっ。死んだ人を生き返らせることが出来るアイテムですよっ！」

「なんだって⁉　ど、どういうことだっ！」

「とにかくこれ見てくださいっ」

俺は自分の目の前に表示されていた画面を有希さんに見てもらった。

「ほ、本当だ！　……し、しかし、一人だけか……」

一瞬喜んだものの、一人だけしか生き返せないと知って落胆する有希さん。

有希さんが生き返らせたい人物は泰造さんに銀次さんに武人さんに龍さんの四人だった。

「す、すみません。ぬか喜びさせるようなことを言ってしまって……」

有希さんのがっかりした顔を見て、申し訳ない気持ちになる。

「いや、真琴は何も悪くない。真琴がいなければこのアイテムだって手に入らなかっただろうからな」

「はあ……」

とだけ言って唇をかみしめる俺。

やはり四人全員を復活させるにはエクゾディアしかないのか……。

だが、ここで俺と有希さんとのやり取りを黙って聞いていたキューンが口を開いた。

『ねぇマスター、有希。さっき手に入れた呪われたアイテムを使ってなんとかならないかな？』

呪われたアイテム……？

『フェイクミラーだったっけ？　そいつを使えば四人を生き返すことが出来るんじゃない？』

「おおっ。そうだよキューン、その手があったっ」

「な、なんだ？」

俺はキューンの言わんとしていることを理解し、まだよくわかっていない有希さんを置き去りに、不思議なバッグの中からフェイクミラーを取り出す。

＊＊＊＊＊＊＊＊＊＊＊＊＊＊＊＊＊＊＊＊＊＊＊＊＊＊＊＊＊＊＊

フェイクミラー――呪われたアイテム。この鏡で映したアイテムを増やせる。増やしたアイテムをさらに増やすことも可能。ただし映したオリジナルのアイテムは消滅してしまい、増えたアイテムもう一分で消滅してしまう。

＊＊＊＊＊＊＊＊＊＊＊＊＊＊＊＊＊＊＊＊＊＊＊＊＊

「これを使えばいけますよ、有希さんっ」

俺は事態が飲み込めていない有希さんに詳しく説明した。

すると、有希さんもようやくキューンの言ったことを理解して顔をほころばせる。

「ありがとうキューンっ！　すごいぞっ、その方法なら四人を生き返らせることが出来るっ！」

キューンを抱きしめる有希さん。

『ちょっと有希、痛いってば〜』

「真琴もありがとうなっ！」

有希さんは俺にも抱きついてきた。

「いえ、俺は別に……」

気付いたのはキューンだ。俺は特に何もしてはいない。

『じゃあ早速四人を生き返らせてあげようよ』

「いや、待て。ここはまだダンジョンの中だ。ダンジョンを出てからにしよう」

「そうですね。一応その方がいいですね」

このフロアに魔物はいないようだが、念のため安全策をとっておく。

「じゃあ俺の帰還魔法で地上に戻りますよ。いいですか？」

「ああ、頼むよ真琴」

『いいよ、マスター』

俺は有希さんとキューンの顔を順に見てから、

「スキル、帰還魔法ランク10っ」

帰還魔法を唱えた。

直後、赤い光が俺たちを包み、次の瞬間には俺たちは無事地上へと帰還を果たしていたのだった。

◇◇◇

「戻ってこられましたね」

「ああ」

帰還魔法で地上へと戻った俺たちは早速、大天使の涙石とフェイクミラーを使って泰造さんたち四人を生き返らせることにした。

「じゃあまずはこの鏡でこの石を映して、それで増えた石をまた鏡で映して増やして……石を四つ作ったら一分以内に願いを込めながら割ればいいんだな」

「時間的にあまり余裕がないんで手分けしましょう」

ということでフェイクミラーを使って大天使の涙石を増やす係をキューンが担当して、増えた大天使の涙石を割って四人を復活させるのは俺と有希さんということに決まった。

ちなみに俺が泰造さんと銀次さんをよみがえらせる係で、有希さんが武人さんと龍さんをよみがえらせる係になっている。

「キューン、その鏡で映したらオリジナルの涙石は消えちゃうからな。素早くやってくれよ」

フェイクミラーを両手で持つキューンに念押しする。

『わかってるって。マスターは心配性なんだから』

「さあ、じゃあやってくれキューン」

有希さんが祈るようにキューンを見やった。

『いくよー。それっ』

☆　☆　☆

結果から言うと、この作戦はとても上手《うま》くいったのだった。

俺たちはフェイクミラーで作り出した四つの大天使の涙石を使って、見事四人を生き返らせることに成功した。

「あ、あれ？　おれ確か、蟻地獄みたいなとこにはまって、そこで死んだはずじゃ……」

「お、おれもだ。魔物に殺されたはずなのに、どうして……？」

復活を果たしても状況がまったく飲み込めていなかった泰造さんたちに、有希さんがこれまでの経緯を話して聞かせたところ――

「迷惑かけたみたいで……すまん」

「すまなかった兄ちゃん」

「悪かったな」

「兄ちゃん、おおきに」

泰造さんたちは俺とキューンに頭を下げた。

「別に俺たちは……なぁ？　キューン」

『そうだよ。おいらたちは有希のためにやっただけだもんね』

俺とキューンは顔を見合わせる。

「真琴、キューン。今回は本当に助かったよ。お礼の言葉はどれだけ言っても足りないくらいだ。だからせめてこれからすぐにあたしたちと一緒に親父のところに来てくれ。そしてそこで約束の二億円を受け取ってくれ」

「え、でも約束はエクゾディアをみつけたらってことでしたよね？」

有希さんとはエクゾディアをみつけたら二億円で買い取ってくれるという約束を交わしていたのだが。

「何を言っているんだ。目的は果たせたんだからもうエクゾディアは関係ないだろ」

と有希さん。

「いや、それは……」

うーん、どうなんだろう。

厳密に言うと約束を果たしてはいないのだが、これで二億円を貰ってもいいのだろうか？

「何をぶつぶつ言ってるんだ真琴。さあ早く親父のとこへ向かうぞ。武人、龍、頼む」

「「はい、姐さんっ」」

「あ、ちょっと待って……」

俺は武人さんと龍さんに両腕を掴まれると、半ば強引に黒塗りの車に乗せられ、有希さんの実家へと連れられていった。

☆　☆　☆

「ここが有希さんの家ですか……おっきいですね」

「そうか？　普通だろ」

有希さんは当たり前のように答えるが、絶対普通ではない。

いくら広大な北海道の土地とはいえ、数百坪はあろうかという屋敷《やしき》が普通であるはずがない。

なんなら神代《かみしろ》の家より大きいぞ。

「何してる真琴。ほら、入った入った」

「あ、お、お邪魔します……」

俺は緊張しながら家に上がる。

家の中にある調度品はどれも高価そうなものばかりだ。

『へ〜。有希の家って広いね〜』

キューンが何やらのんきに喋っている。

広く長い廊下を、こわもての男性たちがずらっと並んで頭を下げている。

その前を俺は恐縮しながら歩いていくと、とある一室に通された。

◇◇◇

部屋の中には、俺とキューンと有希さんと有希さんの父親である竜神グループの会長の四人だけ。

「有希……ご苦労だったな」

会長が口を開く。

「いえ、なんの成果も上げられず、のこのこ帰ってきてしまいました」

「……それでそちらの方々は、どなたなんだ？」

間をたっぷり使って話す会長。

「真琴とキューンといいます。あたしと泰造たちの命の恩人です」

「……そうか」

会長はギョロリと目玉を動かし、俺を見た。

どうでもいいことだが、キューンを見てもまったく驚く様子がないことに、こちらが少々面くらう。

俺は自然と背筋が伸びる。

「……真琴さん、キューンさん。この度はうちの馬鹿どもが世話になったみたいで、すまないね」

「い、いいえ、そんなことないですっ」

『えっへん』

キューンは自慢げに胸を張った。

するとクラスの有希さんが、

「会長、お願いがあります！　あたしは助けてくれたお礼としてこの真琴に二億円を支払うと約束しました！　だからどうか、ここはあたしの顔を立ててやってくださいっ！」

会長に土下座をする。

「……何、二億だと……」

「はいっ！　お願いしますっ！」

会長は有希さんから俺に目線を移した。

俺は蛇ににらまれた蛙《かえる》のように固まってしまう。

「……本当ですかい、真琴さん」

「あ、いや、えっと、俺は別に……」

『本当だよっ』

キューン黙っててくれ。

俺は重苦しい空気に生きた心地がしなかった。

「おい、銀次っ！」

廊下に向かって叫ぶ会長。

「へいっ！」

「アレ持ってこいっ！」

「へい、ただいまっ！」

障子に映る銀次さんの影が慌ただしく駆けていく。

アレってなんだ？

っていうか、竜神グループってそもそも何してる会社なんだろう……。

俺が頭の中でよからぬ考えを浮かべていると、

「会長、持ってまいりやしたっ！」

廊下から、かしこまった銀次さんの声。

「入れっ」

うながすと銀次さんが入ってくる。

手には二つのジュラルミンケースを持っていて、ちゃぶ台の上にそれらを置いた。

「真琴さん……ここに二億あります。どうぞお納めください」

会長が俺に向かって言う。

「え、い、いいんですか……？」

「もちろんです」

えー……。

本当に二億も貰えちゃうの……？

っていうかこの金って受け取っても大丈夫な金なんだろうか。

俺は有希さんに目を向けた。

すると有希さんは俺の心の内を知ってか知らずか、こくりとうなずく。

「真琴さん……さあ、どうぞ」

その場にいた全員が俺の一挙手一投足をみつめていた。

「は、はあ。では遠慮なく……」

俺は緊張で震える手でジュラルミンケースを持つ。

「では会長失礼しますっ。真琴、キューン。行こうか」

「は、はい」

『うんっ』

こうして俺とキューンは有希さんに続いて、会長の部屋をあとにしたのだった。

◇◇◇

「はぁ～、緊張した」

『有希のお父さん、かっこよかったね』

「そうか？　ありがとうなキューン」

俺とキューンと有希さんは、つい先ほど有希さんの家を出たところだった。

家を出る時、俺は「ここでいいです」と断ったのだが、有希さんは見送りのため、わざわざ外までついてきてくれていた。

「有希さん、あの、本当に貰っちゃってよかったんですか？　これ」

俺は手に持った二つのジュラルミンケースに目を落として言う。

「ああ、当然だ。約束だからな」

「はあ……」

ジュラルミンケースの中には合計二億円もの金が入っている。

「あ、じゃあ有希さん。せめてダンジョン内で拾ったアイテムは全部有希さんが貰ってください」

「ん？　それは駄目だ。そのアイテムも真琴が拾ったんだから真琴のものだぞ」

「でもそれはさすがに――」

「あたしは受け取る気は一切ないからな」

そう言うと受け取る気はないという意思表示のつもりか、有希さんは腕を組んで仁王立ちをしてみせる。

『マスターよかったじゃんっ』

と俺に寄り添うキューン。

有希さんの性格は一緒にいてなんとなくわかっているので、こうなったら俺の言うことなど聞かないのだろう。

そう思い俺は、

「わかりました。じゃあ全部俺が貰っていきますけど、いいんですね？」

と最後の確認だけした。

「ああ、もちろんだ。そうしてくれ」

「ありがとうございます」

「なあに、礼を言うのはこっちの方だ。真琴、キューン、世話になったな」

『全然いいよ』

一拍あってから、

「じゃあ二人とも元気でな」

「はい。有希さんもお元気で」

『ばいばい有希っ』

　別れの挨拶を交わすと、俺とキューンは有希さんに見送られながら有希さんの家をあとにしたのだった。

☆　☆　☆

　俺たちは、札幌駅《さっぽろえき》に隣接したダンジョンセンターにたどり着く。

　もちろん深い魔のダンジョンで手に入れたアイテムを売るためだ。

　ダンジョンセンターに入ると、大きな電光掲示板がすぐ目の前にあったので、俺はふと気になって覗いてみた。

　すると、獲得賞金ランキングが前回見た時よりもかなり変動していることに気付く。

　見知らぬ名前が上位を占めていて、神代やマリアたちの名前はなくなっていた。

　そして俺の名前も十四位まで下がっていた。

「へー、一億円プレイヤーがいつの間にか増えていたんだなぁ」

　俺が見上げながらつぶやくと、そばにいた女性の職員が、

「買い取り価格の高騰が主な要因だと思いますよ」

　と話しかけてきた。

「買い取り価格の高騰ですか？」

「はい。実は前々からプレイヤーたちの間では買い取り価格が安すぎるといった声が上がっていたんです。その声を政府も無視できなくなったのでしょうね、つい先日から全アイテムの買い取り価格が一気に跳ね上がったんですよ」

「そうだったんですか」

全然知らなかった。

「確かにプレイヤーの方たちは命をかけてダンジョンに潜っているわけですからね、私個人としましても今回の政府の対応には大賛成です。それとダンジョンクリアの際の報酬も三千万円に引き上がったんですよ」

「三千万円っ？　それはまたすごいですね」

これまでの十倍の値段だ。

すると女性職員が、

「失礼ですが、佐倉真琴様ですよね？」

と訊ねてくる。

「はい、そうですけど……」

「アイテムの買い取りでしょうか？」

「はい、そうです。あとダンジョンクリアの報告も」

「そうでしたか。それではこちらへどうぞ」

「あ、並ばなくていいんですか？」

　ここのダンジョンセンターに来たのは当然初めてだったが、俺の顔を知っている様子の女性職員は、

「はい。獲得賞金ランキングに名前が載っている方はＶＩＰルームにご案内しておりますので」

と、俺を奥の個室に連れていってくれた。

　俺はキューンとともにＶＩＰルームなる部屋に通される。

「それではお売りになりたいアイテムをこちらにお出しください」

「はい。わかりました」

　ふかふかのソファに座ったまま、俺は目の前の高級そうなテーブルの上にアイテムを並べていった。

「これで全部です」

「はい。では鑑定してまいりますので、少々お待ちくださいませ」

　アイテムを持って退室していく。

『ふぁ〜、このソファ気持ちいいね。柔らかくておいら眠っちゃいそうだよ』

「そうだな」

　ソファに寝ころぶキューンを見ながらそう返す俺。

　――この五分後、買い取り手続きは無事終了。

　ちなみに、買い取り金額はこれまでで最高の二千二百四十万円だった。

◇　◇　◇

換金を済ませ、ダンジョンセンターを出ようとしたまさにその時、俺は一人のなよっとした感じの人に声をかけられた。

「あの、もしかして佐倉真琴さんですか？」

「はい、そうですけど……」

「よかったっ。やっと会えたわっ！」

その人物は口元を覆うようにして手を当てて、小さく跳び上がって喜びを表現してみせた。

「あたし宮園《みやぞの》っていいます。実はＳＮＳを見て真琴さんがこのあたりにいるってわかったから、このダンジョンセンターに来てみたんですっ。そしたら大当たり、きゃっ」

「はあ、どうも」

「真琴さんってランク10の生成魔法を使えるんですよねっ。もしよかったらあたしにもそれ使ってもらえないでしょうか？　あたし、素材アイテム沢山持ってきたんですっ。あっ、もちろんお代はお支払いしますからっ」

「えーっと……」

どうしようかなぁ。

代金を払ってもらえるのはありがたいし、生成魔法を使うことくらい別にいいんだけど、ここだと人目につきそうだしな……。

「あの、宮園さん。外でもいいですか？」

なんとなくだが代金を受け取って生成魔法を商売のように使うのはダンジョンセンターの中で

は、はばかられる気がしたので、俺は宮園さんとやらを外へとうながす。

「もちろんいいですよっ。あたし車で来ていますから車の中に移動しましょうっ」

初めて会ったばかりの人の車に乗り込むのは少しばかり不安な気もしたが、まあいざとなったら転移魔法もあるし、問題ないだろ。

そう考え、俺は宮園さんとともにダンジョンセンターを出ると駐車場に向かった。

宮園さんの車は白のワゴンで、ドアを開けると中には沢山のアイテムが置かれていた。

「これ、全部ですか？」

「そうですっ。あたし、素材アイテムばかり集めてたんですっ。だからここにあるもの全部一つにつき二十万円で強力な武器や防具に作り替えてほしいんですっ」

宮園さんは言うが、見た感じアイテムは全部で五十点くらいあるんじゃないだろうか。

「あの、一つ二十万円だと一千万円くらいかかっちゃいますけど……」

自分で言ってて図々《ずうずう》しいなと思うも、

「はいっ、大丈夫ですっ」

宮園さんは平気な顔でうなずく。

マジかこの人……。

☆　☆　☆

「スキル、生成魔法ランク10っ」

俺の手の上で素材アイテムが、ぱあぁっと立派な剣に生まれ変わる。

***********************

ダモクレスの剣——この剣で斬りつけると、相手を即死させることが出来る。

***********************

「ふぅ～。これで全部ですね」

「はいっ、ありがとうございましたっ」

俺は、一時間かけて車の中にあった素材アイテムをすべて強力な武具へと作り替えた。

そして、その対価として一千六十万円を受け取る。

「それにしても、こんなに沢山の武器や防具どうするんですか?」

「それはもちろん、あたしが装備してダンジョンに入るんですよっ。これだけ強力な武器や防具があればAランクダンジョンだって夢じゃないですからねっ」

「そうですか」

俺とキューンが車を降りると、

「じゃああたし用事があるので失礼しますねっ」

宮園さんは笑顔で手を振りながら車を発進させていった。

その様子を眺めつつ、

「キューン、臨時収入だ。これで好きなものなんでも買っていいぞ」

『えっほんとっ！　やったーっ！　ありがとうマスター！』

「ははは」

俺はキューンの頭を撫《な》でる。

『ねぇマスター。ところでさっきの人って男、女どっちだったの？』

「そうだなぁ……女性かな」

俺にも本当のところはよくわからないが、とりあえずそう答えておいた。

――この三十分後、俺が生成魔法で作り出した強力な武器や防具が、宮園さんの手によってネット上で一つ百万円で売り出され、それらが全国に出回ることになるのだが、俺がそれを知るのはもっと先のことである。

## 書き下ろし1　休日の一幕

「その列車、待って待ってーっ！」

「わたくしたちも乗りますわ～っ！」

「ふ、二人とも、走ったら危ないよっ」

駅のホームに甲高い少女たちの声が響く。

その声の主たちは、ホームに停《と》まっていた列車の女性専用車両に慌てて乗り込んだ。

「ふぅ、ギリギリセーフねっ！」

「間一髪でしたわっ」

「もう～」

動き出した列車の中、三人の少女たちは軽く肩で息をしつつ、顔を見合わせる。

三人の中で一番背の高い少女は、ポニーテールを左右に揺らし、空いている席を探し始めた。

眼鏡をかけた少女もそれに倣う。

そして外国人風の少女はそんな二人を見上げながら、上気した顔に満面の笑みを浮かべていた。

彼女たちの名前は長澤紅子《ながさわべにこ》、水川蓮華《みずかわれんげ》、マリア・ファインゴールド。

三人はモデルなどもこなすプレイヤーであり、ＳＮＳや雑誌などを賑《にぎ》わす有名人でもあった。

そんな彼女らは、久しぶりに休日が揃《そろ》ったので、遠くの街までショッピングへと向かう最中だったのだ。

「あっ、あそこ空いてるわっ。座らせてもらいましょ」

「はいですわっ」

「う、うん」

四人掛けのボックス席に一人しか座っていないことに気付いた長澤が、そちらの方向へ歩き出す。

マリアは意気揚々と、水川は周りの目を気にしながらも長澤のあとに続いた。

「すいません、ここ座ってもいいですかっ？」

人懐っこい笑顔で席に座っていた女性に声をかける長澤。

「えっ……あ、うん」

「ありがとうございますっ。マリアちゃん、蓮華、座っていいって」

「わーいですわっ」

「ど、どうもすみません……」

ボックス席に腰かけていた女性はパーカーのフードを目深《まぶか》にかぶっていた。

そして、存在感を消そうとしているかのごとく、うつむき加減でちょこんと座っている。

対面に座っているその女性を見て、水川はどこか申し訳ない気持ちになった。

だが、ポジティブでアクティブな長澤とマリアはそんなことはお構いなし。

話しかけないでオーラを醸し出している女性に対して果敢に攻める。

「今日はいい天気ですねっ。それにしても列車、結構混んでますね。あ、お一人ですかっ？」

「わたくし、マリア・ファインゴールドと申しますっ。少しの間ですがよろしくお願いいたしますわっ」

「は、はぁ……」

「お名前はなんとおっしゃるのですかっ？」

下から顔を覗《のぞ》き込《こ》むようにしてマリアは訊《たず》ねた。

「あー、えっと……こ、小春《こはる》」

伏し目がちに答える女性。

小春と名乗った女性に「へー、かわいい名前ですね」とすかさず長澤が返す。

そんな様子をじっと見守っていた水川だったが、そこでふと女性の服装に目が留まった。

「……」

「蓮華、どうかした？」

それをいち早く察した長澤。

伊達《だて》に水川の親友を長いことやってはいない。長澤は水川の挙動に関しては鋭かった。

「あ、ううん。別に……」

「何か気になったんなら話してよ。なんでも我慢するの蓮華の悪い癖よ」

「どうかしたのですか？　水川様」

「う、うん」

水川は「紅ちゃん、えっとね……」と小声で隣に座る紅子に耳打ちした。

「……た、大したことじゃないんだけど、前の女性の服装、佐倉《さくら》さんが前に着ていた服装とそっくりだなぁと思って……」

その言葉を受けた長澤はそっと女性に目線をやる。

が、

「うーん、そうだったっけ？　正直あたしは全然憶《おぼ》えてないけど」

首をひねり、興味なさそうにもらした。

「もしかして佐倉の恋人だとか思ったの？　まあ、蓮華は佐倉のことが好きなんだからそう思っちゃう気持ちもわからなくはないけどさ」

「ち、ち、ちょっと紅ちゃん……」

「わたくしも真琴《まこと》様のこと大好きですわーっ」

空気を読まないマリアが両手を上げつつ声も上げた。

「痛っ」

その拍子にマリアの左手が小春の肩にぶつかる。

「ご、ごめんなさいですわ！」

「あ、いや、大丈夫だから、気にしないで……」

「本当に申し訳ありませんですわ。真琴様のこととなってつい……わたくし反省いたします」

長澤と水川もマリアと一緒になって謝るが、それに対して顔を背けつつ大丈夫だと言い張る小春。

その様子は、やはり頑《かたく》なに人と接したくないように水川には見えた。

なので、水川は隣の車両を指さして、

「紅ちゃん、マリアさん。向こうにも席が空いているみたいだから、あっちに移動しない？　多分あっちの方が空いてると思うよ」

提案してみる。

もちろん、一人になりたいであろう小春のためを思っての行動だ。

「そう？　まあ、蓮華がそう言うならそうしよっか、マリアちゃん」

「はいですわっ。では小春様、わたくしたち失礼いたしますわ」

そうして長澤、水川、マリアの三人は小春に一礼したのち隣の車両へと向かったのだった。

☆　☆　☆

一方、ボックス席に一人残った小春はというと、人知れず冷や汗をだらだらと垂らしていた。

「ふぅ、マジかよ……まさか、あの三人が乗ってくるなんて」

ぼそぼそとつぶやきながら額の汗をぬぐう小春。

そんな折、列車が徐行し始め、やがて停まった。

そのタイミングで列車を飛び降りた小春は、一目散にトイレへと向かって走る。

だが、小春が向かっているのは女子トイレではなく男子トイレだった。

小春は顔を隠しながら駅の男子トイレの個室に駆けこむと、ドアの鍵を閉めた。

そして「はぁはぁ……」と息を整えていたところ、しばらくしてボゥン！

小春は煙に包まれ――それが晴れていくと、そこには小春の姿はなく、あったのは佐倉真琴の姿だった。

「……あ、危なかったー……ギリギリだったぞ」

息をつく佐倉。

つい先日ダンジョンで手に入れていた〈性転換グミ〉というアイテムを売りに家を出た佐倉は、誤ってあろうことか女性専用車両に乗り込んでしまったのだ。

それに気付き車両を移動しようとした矢先、長澤たちを目にしたので、動くに動けない状況に陥ってしまっていた。

周りの目が佐倉に向いていないことから、佐倉は女性に間違われていると思い、この際一駅だけなら耐えられる。そう踏んだ。

しかしそんな中、運悪く長澤たちが席に近づいてきた。

三人にみつかったらなんと言われるか……。

一気に顔が青ざめる佐倉。

走行中の列車内で転移魔法を使うわけにもいかず、瞬時に佐倉がとった行動は、換金予定だった性転換グミを食すことだったのだ。

この性転換グミ、食べると十五分間だけ男性なら女性に、女性なら男性に変身できるというアイテムだった。

背に腹は代えられず、佐倉はそれを飲み込んだ。

そして、上手《うま》く女性に変身し終えたまさにその瞬間、佐倉は長澤に話しかけられたというわけだった。

「やれやれ、もう少しで痴漢扱いされるところだったぞ……」

ホッとした様子で個室を出る佐倉だったが、トイレに設置された鏡をみつめながら考えるのは別のこと。

「うーん、それにしても……マリアはともかくとして、まさか水川まで俺に好意を持ってくれていたとは……」

そう。

先ほど耳に入ってきてしまっていた長澤たちの会話が、今になって、とても気になる様子の佐倉。

「いやいや、まさかな。長澤が勝手に言ってただけってこともあるし……うん。そうだそうだ」

列車内での会話は、当然三人は俺に聞かれているなど夢にも思っていないのだから、俺もさっき聞いた会話はすべてなかったことにした方がいい。

鏡の前でひとりごちる佐倉を、周りの男性たちが不審者を見るような目で眺めながら出ていくが、当の佐倉はそんなことには気づいていない。

「じゃあ、もう帰るか」

性転換グミを失ってダンジョンセンターに行く理由がなくなった佐倉は、両手で頬をパシッと叩《たた》くと帰宅の途につくのだった。

# あとがき

書籍版『最強で最速の無限レベルアップ』第3巻をお手に取っていただき、誠にありがとうございます。

皆様の応援のおかげで無事3巻の発売に至ることが出来ました。

発売は8月ですが、この文章を書いている今はまだ6月なので、梅雨の時期はこれからといったところです。

私は毎年、家庭菜園をしていまして、今の季節ですと、きゅうりやナス、ミニトマトなどを育てています。

今年は例年より暑いようなので、熱中症にならないように、畑仕事をするときなどは特に気を付けたいと思います。

皆様もお体には十分お気を付けください。


さて、それでは本作のお話を少しだけ。

この小説を「小説家になろう」様にて書き始める際、『最強で最速の無限レベルアップ』はタイトル的にちょっとくどい印象を受けるかなと思っていました。

さらにもっと長いサブタイトルまでついていたので、私としてはこれもどうなのだろうと少し不安でした。

しかし、その当時の「小説家になろう」様では長いタイトルが主流という感じでしたので、私もそれに倣《なら》って、タイトルを長めにして連載をスタートしました。

すると、私の不安は杞憂に終わり、読者の方がみるみるうちに増えて、ポイントも加算されていきました。

念のため説明しておくと、「小説家になろう」様では、読者は面白いと思った作品にポイントを入れることが出来るのです。

そしてそのポイントが高いとランキングに載り、より多くの読者の目に留まるというわけです。

そんな中でも特に高ポイントの作品には、出版社からのお声がけがある可能性もあるとかないとか。

そんなこんなで、それなりに人気が出た『最強最速』を、私は読者の方々への感謝の意味も込めて、一日三回更新するよう心掛けました。

私は頭の中で思い描いていた作品を文字にしていく作業を心の底から楽しみつつ、しかしそれと同時に、自転車操業のように書き上げてはすぐに投稿するという、時間に追われた毎日を送っていました。

なので、誤字脱字もまああったと思いますし、明らかなミスがあったときなどは読者の方々に教えていただき、二人三脚のような感じで本作を作っていた気がします。

その点でも読者の方々には本当に救われました。

数ヵ月後、「小説家になろう」様で『最強最速』が終わりを迎えました。

その頃にはかなりの高ポイントが蓄積されていましたが、出版社からの打診は一切なく、やはりラノベ作家デビューは夢のまた夢かと諦めかけていました。

気落ちしていた私は、庭の野菜たちに向かって水やりしながら「どうやら駄目だったみたいだね……」とこぼします。

まさにその時、ある出版社から一通のメールが送られてきていたのでした。

そのメールの内容は『最強最速』をコミカライズしてみませんかというお声掛けでした。

しかもその出版社は、誰もが知っている講談社様。

この時の気分の高揚は今でも忘れられません。

もちろんすぐにお引き受けして、現在に至るというわけです。

そしてコミカライズと一緒に書籍版の出版もというお話になり、こうして『最強最速』の3巻を出せるまでになっています。

本当に夢のようです。

それでは最後に、本作を書籍化するにあたって大変お世話になった担当編集者様、美麗イラストを描いてくださったトモゼロ様、『最強最速』の漫画を描いてくださっている鳥羽田《とばた》様、出版社の皆様、この度は本当にどうもありがとうございました。

Kラノベブックス

# 最強《さいきょう》で最速《さいそく》の無限《むげん》レベルアップ3
## ～スキル【経験値《けいけんち》1000倍《ばい》】と【レベルフリー】でレベル上限《じょうげん》の枷《かせ》が外《はず》れた俺《おれ》は無双《むそう》する～

---

シオヤマ琴《こと》

2024年7月31日第1刷発行

| | |
|---|---|
| 発行者 | 森田浩章 |
| 発行所 | 株式会社 講談社<br>〒112-8001　東京都文京区音羽2-12-21 |
| 電　話 | 出版　(03)5395-3715<br>販売　(03)5395-3605<br>業務　(03)5395-3603 |
| デザイン | 石田 隆（ムシカゴグラフィクス） |
| 本文データ制作 | 講談社デジタル製作 |
| 印刷所 | 株式会社ＫＰＳプロダクツ |
| 製本所 | 株式会社フォーネット社 |

KODANSHA



ISBN978-4-06-535954-9　N.D.C.913　348p　19cm
定価はカバーに表示してあります



ファンレター、
作品のご感想を
お待ちしています。

あて先
〒112-8001　東京都文京区音羽2-12-21
(株) 講談社　ライトノベル出版部 気付
「シオヤマ琴先生」係
「トモゼロ先生」係

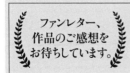